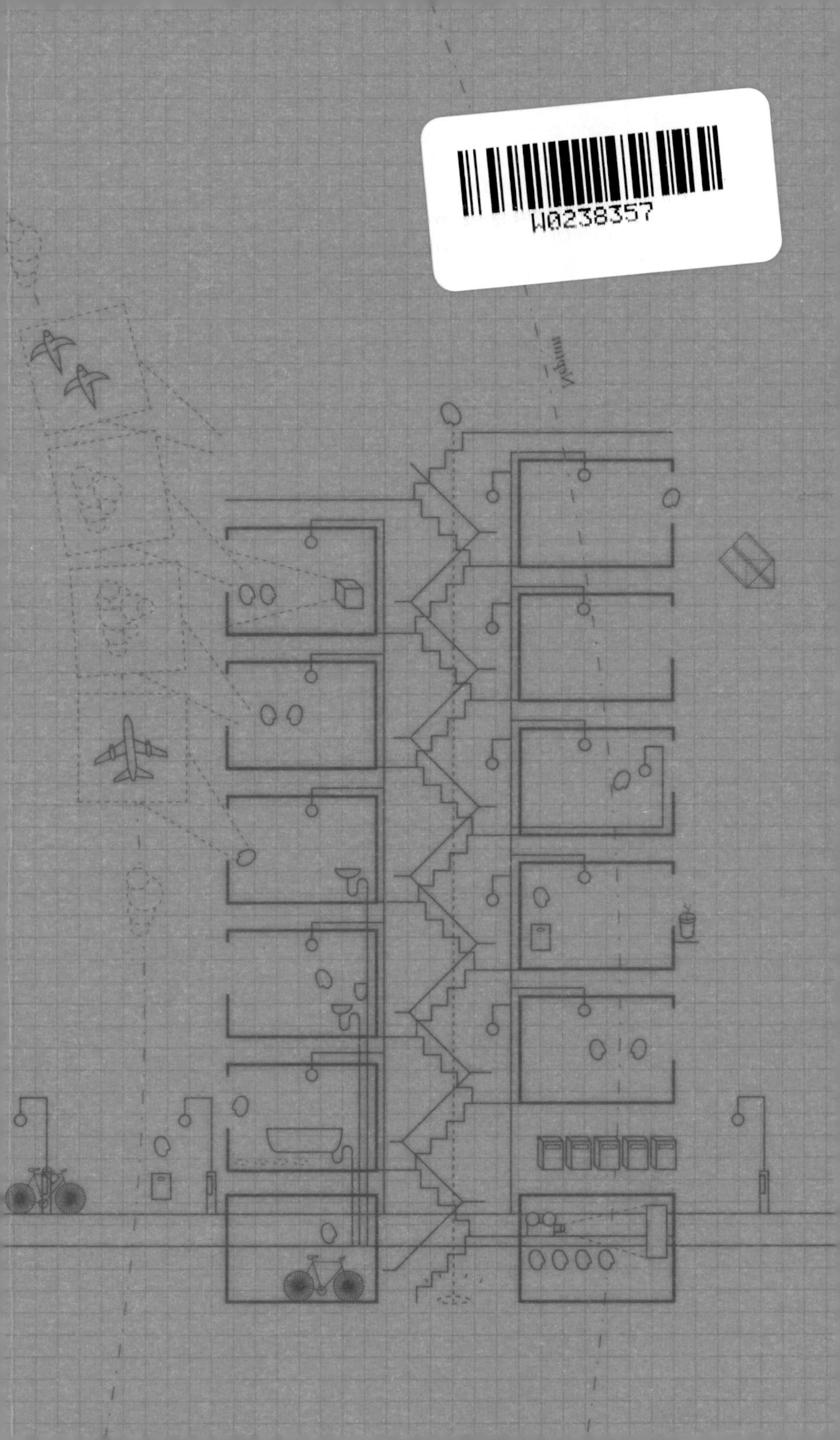

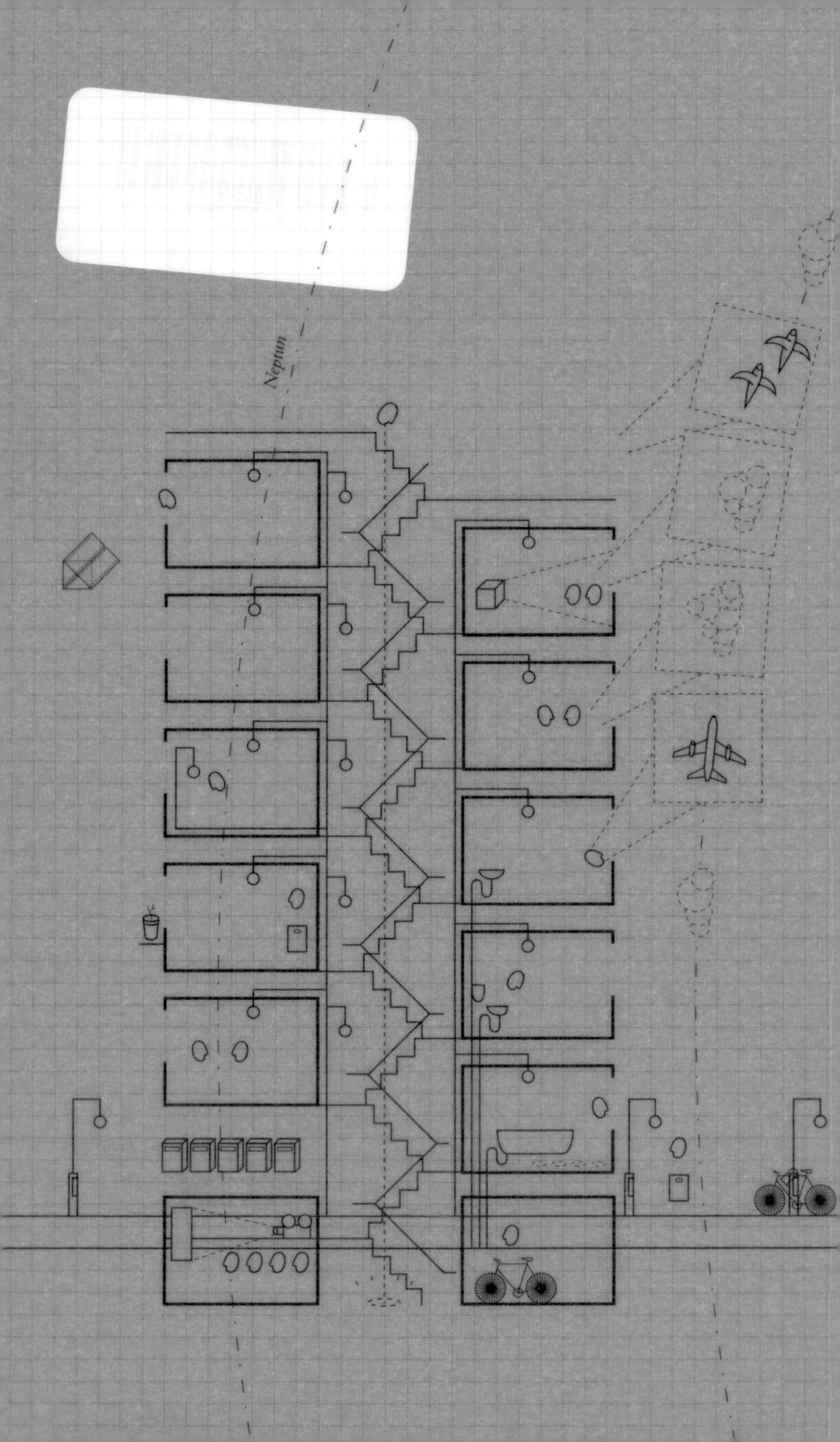
Neptun

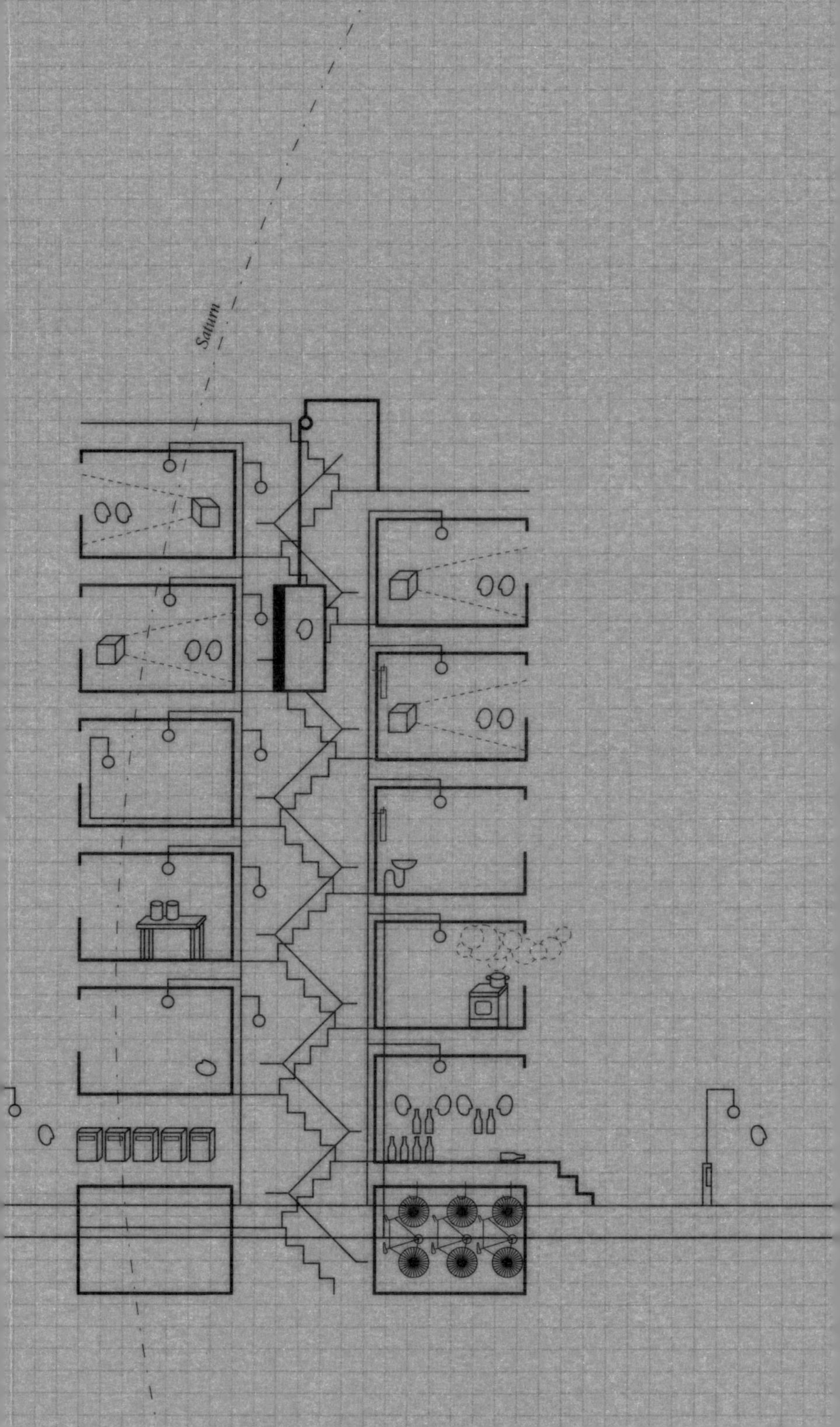
Saturn

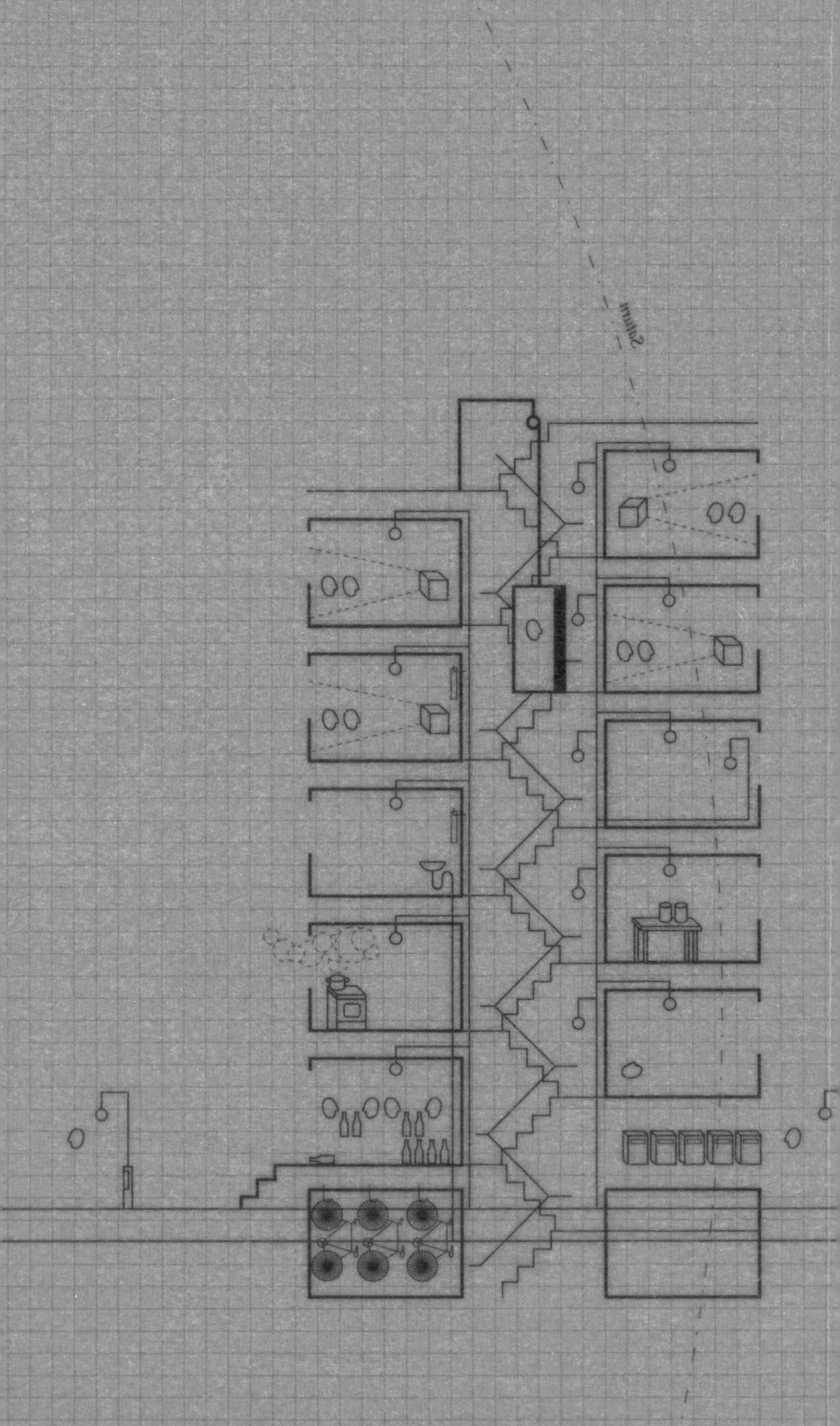
Saturn

books

kookbooks └ Reihe *Prosa* └ herausgegeben von Daniela Seel └ Band 1

Jan Böttcher

Lina oder: Das kalte Moor Erzählung

KOOK
books

1. Auflage 2003

Gestaltung: Andreas Töpfer, Berlin
Gesetzt aus der Bembo & der Kookone
Druck: Mühlsteyn, Elben
Bindung: Diehl, Wiesbaden
Printed in Germany
ISBN 3-937445-01-3

»I *know what you'll say. You'll say it's dirty low-down business; but what if it is? – I'm low down.*«

Mark Twain: The Adventures of Huckleberry Finn, 33. Kapitel

1

Die Stille des Treppenhauses, bevor ich morgens gegen das eiserne Geländer trat. Vibrationsmusik bis in den Keller. So ging es los. Ich legte meinen Bauch in die Rundung des Handlaufes zwischen der vierten und fünften Etage und spürte das Zittern nach. Den Kopf in die Tiefe gehängt, ließ ich Spucke zu einem Klumpen zusammenlaufen, den schickte ich auf die Reise ins Dunkel. Mit einem hellen Klatschen grüßte der Kellerboden zurück. Minutenlang stand ich vornübergebeugt und sah dem Geräusch hinterher. Und wenn ich schließlich doch hinabstieg, pendelten meine Gliedmaßen hin und her, als müssten sie sich selbst wiederbeleben. Ich schlackerte um die Kurven, schon nach wenigen Treppenstufen vollkommen orientierungslos. Ich lachte grell, konnte die Stockwerke aber nicht mehr unterscheiden. In anderen Treppenhäusern gab es große Nummern, bei uns nicht. Erst die Briefkästen gaben wieder Halt. Erdgeschoss.

Ein kurzes Kopfnicken, warum nicht. Ich grüßte auf den Gehwegen jeden, der dazugehörte. Wie mein Vater hatte ich dabei fast pausenlos einen Bundeswehranorak an, von meinem Ärmel hatte ich allerdings den kleinen Aufnäher mit den Landesfarben abgerissen. Unter dem Anorak, aber über dem Pullover trug ich einen Brustbeutel, und zusätzlich baumelte da eine dieser länglichen Spardosen für Kleingeld. Im Brustbeutel steckten der Haustürschlüssel und die Briefe von Lina, vierfach gefaltet. Die Schnüre von Brustbeutel und Spardose waren andauernd ineinander verheddert, aber man konnte damit leben.

Zur Schule fuhr ich mit dem Fahrrad, ich musste es aus dem Raum holen, auf dessen Holztür in schwarzer Schrift *Gemeinschaftskeller* stand. Eine Gemeinschaft, aus der andauernd Fahrräder verschwanden. Der alte Hausmeister-Heinrich verscheuchte mich oft von dort. *Eine Sache der Erziehung*, sagte mein Vater, wenn ich ihm berichtete, und ich wollte widersprechen: *Eine Sache der Macht, eine Sache des Krieges.*
Im Keller verbrachte ich noch mehr Zeit als im Treppenhaus. Zeit, nur um die einzelnen Fahrräder den Nachbarn zuzuordnen. Ich spürte dabei oft, wie wenig ich meine Nachbarn kannte, es ging alles durcheinander. Katja Neumann, die schönste Frau des Blocks, sah ich auf dem Fahrrad meines Vaters vor mir, wie sie mit einer Hand die Rockfalten über der Rahmenstange raffte. Katja war ein echter Gesprächsstoff bei uns, ich wusste von meinem Vater, dass sie dreißig war in etwa, ich wusste vom Anschauen, dass sie blond war und doch nicht hellhäutig, von meiner Mutter erfuhr ich, dass Katja *allein erziehend* sei. Sie meinte damit keine Mutterschaft, sondern die Probleme, die Katja damit hatte, sich selbst zu erziehen. Damals dachte meine Mutter, sie wisse es besser, dachte auch, Katja sei arbeitslos. Dabei ging es doch eher uns täglich schlechter, die ganze Wohnung war in einem erbärmlichen Zustand. Was hatte Katja Neumann damit zu tun.

Es ist die falsche Reihenfolge. Ich habe keine Übung darin, aber ich wollte zuerst von Nico erzählen, meinem Halbbruder. Lina hat ihn nie wirklich wahrgenommen. Nico wohnte drei Häuserblöcke entfernt und dort im achten Stock.

Er verbrachte viele Monate damit, seine schäbige Ein-Zimmer-Wohnung in das zu verwandeln, was man außerhalb unserer Siedlung wohl ein *Atelier* genannt hätte. Ich durfte dabei nicht helfen, saß in der Ecke und blickte höchstens mal auf, um die neue Position eines Möbels zu beurteilen. Ich fragte ihn, ob nicht der Blick aus dem Stubenfenster zu dem Wort *Atelier* passen müsse, er zuckte nur die Schultern. Dabei war vor dem Fenster nichts als eine Weite aus Feld und Gestrüpp, durchteilt von der lehmigen Panzerstraße, die ins Truppenübungsgebiet führte. Regelmäßig marschierte dort Militär, und wenn im Sommer die Planwagen den Staub aufwirbelten, war es wie im Wilden Westen. Ein ganzer Konvoi.

Teile des Wohngebietes waren ohne Wut auf seine Planer und Architekten gar nicht zu durchqueren. Was bildeten die sich ein mit diesen riesengroßen glatten Kiefernstämmen, mit diesen lächerlichen Zwischenpflanzungen, hinter denen die nächste Straße genauso anfing wie die alte? Völlig untauglich, die Häuser zu verleugnen. Und dann: Das kalte Moor, wem war nur die Poesie dieser Namensgebung zu verdanken?
In einer der beschatteten Einbuchtungen stand Linas Hochhaus. Lange, bevor ich verliebt war, holte ich sie morgens da ab, aß auch mittags manchmal bei ihr. Lina wohnte im Fünften, deshalb nahmen wir meistens den Fahrstuhl. Sie sagte: *Die Wand mit den senkrecht angeordneten schwarzen Knöpfen ist eigentlich ein Mann in hochgeschlossenem Anzug, dem tippt man auf die Brust, dann gehorcht er unseren Wünschen.* Das ist jetzt bestimmt zehn Jahre her, aber einmal drückten wir auf einen beschrifteten Knopf ziemlich weit unten, und da

stöhnte der Mann laut auf. Fragte uns, was denn los sei. Es kam wohl aus dem Lautsprecher, wir wurden ganz steif vor Angst, wollten es uns ja nicht verscherzen mit dem. Lina drückte dann wieder auf die 5, der Fahrstuhl setzte uns aber im Keller aus. Ich war etwas zu aufgeregt, um das komisch zu finden.

Es war derselbe Tag, an dem es das erste Mal in meinem Leben Ravioli gab. Linas Mutter war arbeiten, und Lina drückte den Öffner auf die Dose und hielt fest, während ich drehte. Die Soße puckerte und sprotzte, die Ravioli leuchteten im Topf und waren dann furchtbar heiß, zwischen all dem Pusten und Im-Mund-Herumschieben erzählte ich davon, was es mit den Versen in meinen Heften auf sich hatte. Sie sagte *Geschriebsel* dazu, und ich hätte das alles von Nico, den sie *den größten Spinner* nannte, *der frei rumläuft*. Ich habe dieses Bild noch so genau im Kopf, weil es zum Zerreißen gespannt war – wie Lina meinen Bruder so gnadenlos beschimpfte, während ich eine Nudelart kennen lernte, die von da an nicht mehr wegzudenken war aus meiner Kindheit. Lina sprach nie mehr so hässlich zu mir, und auch dieses eine Mal verlor sofort an Hässlichkeit, weil es dazu Ravioli gab.

Auf dem Spielplatz vor Linas Hochhaus saßen um halb zehn morgens die beiden Päderastenbrüder und warteten darauf, dass die Kinder die Rutsche hinunterflutschten. Sie waren beide zwischen dreißig und vierzig, der eine rieb sich beim Anblick der Kinder andauernd die Hände und grinste vor sich hin. Sie trugen auch im Sommer dicke Jacken, wahrscheinlich, um noch schneller feuchte Finger zu bekommen. Meine Mutter nannte die beiden *geistig minderbemittelt*, das klang total falsch. So, als wolle sie nicht die Kinder, sondern die Päderasten zu schützenswerten Lebewesen ausrufen. *Die Grenze zum Tier*, sagte Mutter auch, *ist eben fließend*. Von den niederen Instinkten ihres Ehemannes konnte sie ja damals nichts wissen, aber es hätte ihr schon ganz gut angestanden, etwas anderes zu sagen. Immerhin waren die jungen Mütter rigoros genug, die Brüder wegzuscheuchen oder ihnen zumindest mit der Polizei zu drohen. Meistens trotteten sie von dannen, um sich dann außerhalb des Spielplatzes auf eine Bank zu setzen, von der aus sie das Geschehen weiter verfolgten. Was später die Runde machte, klingt wohl dem Schwachsinn der Brüder angemessen. Die Polizei habe ihre Wohnung durchsucht und dabei Dealerware sichergestellt, und zwar eine Reihe von Ferngläsern und Teleskopen. Wir lachten uns schlapp über diese Geschichte, ich hatte sie nie mit einem Fernglas im kalten Moor gesehen.

Als ich Nico nur nachts besuchte, dafür aber fast jede Nacht, fand ich vieles andere unnötig. Abends waren Vater, Mutter und ich endlich zusammen, aber ich stand vom Abendbrot auf, nahm zwei Äpfel aus der Schale und sagte, dass ich zu Nico ginge. Anfangs gab es Verbote, auch Fragestunden, aber Vater sah ja, dass es ein Bedürfnis war. Ein Grundzug meines Vaters, vielleicht unserer ganzen Familie: keine Zeit zu vergeuden mit den Dingen, die einem unabänderlich vorkommen. Also wurde ich nicht länger aufgehalten.
Nico malte für das Mondlicht. Die Bilder entstanden zwar tagsüber, aber sie brauchten das große Weiße über dem achten Stock. Alle Farben schienen nachts wie durch Milchglas gedämpft. Wir saßen im Schneidersitz, und es brauchte nur die dem Fenster zugeneigte Leinwand, um aus Halbbrüdern

Brüder zu machen. Weil ich sah, was Nico sah. Und weil Nico wusste, wie ich über alles dachte. Wir redeten kaum. Ich wusste ja, der Mond war mehr als nur Medium, und es war kein Zufall, dass Nico mir ausgerechnet in einer Vollmondnacht seine Liebe zu Katja Neumann gestand. Augenscheinlich ging es ihm damit noch schlimmer als meinem Vater, und das wollte schon was heißen. Er gestand es, danach kehrte wieder Stille ein. Ich blickte durchs Fenster, das Wort *Liebe* beschämte mich. Aber keine Hilfe von außerhalb, kein Scheinwerferkegel, der durch die Sichtluken des Parkhauses ins Fenster einbrach. Er hatte es so gesagt, als ließe sich das Gefühl mit keinem vorherigen vergleichen. Ich sah Nico an und nickte.

Der Himmel war überall quadratisch ausgeschnitten, die Dachkanten der Hochhäuser bildeten einen vollendeten Rahmen; schnell zogen Wolken durchs Bild. Ob Flugenten oder Flugzeuge, alle waren bei uns nur kurze Gäste. Es gab hier keinen Platz für sie, und sie waren klug genug, ihren Zeitbegriff gar nicht erst zu verteidigen.

Einmal, in der fünften Klasse glaube ich, bauten wir das Sonnensystem nach. Ein wenig enttäuschend, dass wir es nur mit einem Elektromotor in Betrieb kriegten. Lina war damals noch eine Klassenstufe unter mir, aber ich erzählte ihr von unserem Modell, und wir hatten viel Spaß daran, es auf das Wohnviertel zu übertragen. Für die Planeten bastelten wir eckige Wohnquader. Wir saßen spätabends auf der vergilbten Rasenfläche zwischen unseren Häusern, in einer Totenstille, nur hinter einzelnen Fenstern noch blau flackerndes Fernsehlicht. Auf unserer Decke Pappschachteln und rote Gardinenreste, die Lina filigran bemalte. Mein Pinselstrich war schon in der Schule immer *grob* genannt worden. Holzstäbchen, Bindfäden, alles war für unser Mobile bereit, selbst der Baum war ausgesucht, an den wir es hängen wollten. Nur die wichtigste Frage ließ sich nicht beantworten. Die Frage nach dem Schwerpunkt, nach der Achse: *Worum* in aller Welt sollten denn die Wohnblöcke pendeln oder kreisen?

Der Fluss ist das Bild rauszukommen. So stand es in unseren karierten DIN A5-Heften, die wir uns gegenseitig zeigten und auf deren Seiten wir spielten. Zehn mal zehn Kästchen, A1 bis J10, ein genau eingefasstes Becken. Wir trafen uns nachmittags, um die Schiffe darin zu versenken. Ein Spiel, bei dem man mit den zwei Worten *Treffer* und *Wasser* auskam, dazu das eckige Binnengewässer, es war wirklich das Gegenteil von Bewegung. Lina und ich schossen wild. Innerlich sah und hörte ich eiserne Kanonenkugeln durch die Luft sirren, die eine enorme Wasserfontäne machten, wenn sie im Meer einschlugen. Oder wie der Teil eines Tankschiffes haargenau vom Schiffsrumpf abgerissen wurde. Und irgendwann blieben Inseln zurück, einzelne unberührte Kästchen eines Mathematikheftes, wo wir zueinander kamen, aus dem Spiel herausfielen, auf dem Oberarm wegrutschten. Wir berührten uns an allen möglichen Körperstellen, aus dem Kästchen wurde eine Schachtel, wir verschachtelten uns, das war in meinem Zimmer am Heizkörper, direkt gegenüber der Tür, oder in ihrem Zimmer unter der abgespannten Wolldecke. Wichtiger als das Spiel mit den Schiffen: Die Blicke versenken in Linas Augen.

Wir wohnten auf den sechzig Quadratmetern, die Nicos Vater für seine Ehe und seinen Sohn vorgesehen hatte. Er hatte Aufgaben übernommen beim Bau des Wohnviertels, also wurde ihm schon in der ersten Bauphase eine Wohnung zur Verfügung gestellt. *Es war fast sozialistisch gedacht von den Sozialdemokraten*, sagte Nico.
Ohne mich hätte es dann vielleicht nicht diesen Bruch gegeben, der zuerst eine Affäre war, aber die Affäre war ja schließlich mein Vater. Zwei Männer stehen sich gegenüber, und ich blinzele in eine ungewisse Welt. Ich weiß keinen Wortlaut, keinen Gesichtsausdruck, habe null Erinnerung an Schreie oder Scherben. Aber glatt ging es nicht, das kann man sagen, schon, weil meine Mutter sich zweimal entschied. Erst waren wir vier, und alles sollte so weitergehen, aber dann gingen zwei weg, und ein anderer kam hinzu. Das war mein Vater. Da war ich schon über ein Jahr alt. Die siebziger Jahre begannen, um uns herum schossen Hochhäuser in den Himmel, man sieht auf Fotos die schnellen Veränderungen. Mir hat nie jemand erzählt, ob ich persönlich Einfluss auf die Beteiligten genommen habe, wahrscheinlich hatten sie Angst, ich könnte mir etwas darauf einbilden. Und Einbildung war unbedingt zu verhüten.

Nico begann, in der Stadtteilbücherei zu arbeiten – niemand sagte *Bibliothek* dazu –, und ich ging ihn nachmittags auch dort besuchen. Ich hatte einen Ehrenplatz, einen Stammtisch sozusagen. Zuerst suchte mir Nico aus dem Stapel der hart eingebundenen Comics die besten heraus, aber das war nur die Frühphase. Er gestand mir bald, dass er in der Bücherei vollkommen unterbeschäftigt sei: *Mein Job ist nur, irgendeine Systematik einzuführen, aber wenn die Bücher danach in die*

Regale eingestellt sind, wird am anderen Ende schon wieder neu systematisiert. Für wen eigentlich die ganze Mühe, ich war doch so oft der einzige Gast.

Einmal wurden in der Schule Referate über die einzelnen Stadtteile gehalten, und ich sollte über die kurze Geschichte unseres Hochhausviertels sprechen. Ich wusste nicht, dass Nico so viel Ahnung davon hatte. Und ahnte nicht, dass er mich anstecken würde mit seiner Begeisterung. Er holte Studien zum kalten Moor hervor, mit denen ich vor dem Gemeinschaftskundelehrer glänzen sollte wie nie zuvor. Der war wirklich schwer beeindruckt, als ich in etwa Folgendes referierte:

Hinter unserem Gymnasium liegen Tonkuhlen, sie gehören zu den Altenbrücker Ratsziegelhöfen. Eine Karte von Carl Christopher Tillill – nach der Legende aus dem Jahre 1748 – belegt einen abgezweigten Wassertransport dorthin, aus den Quellen unseres Kohl-Moors. Diese Quelle war die allererste, um die städtische Saline zu versorgen, schon 1386 verlieh der Herzog dem Rat der Stadt per Urkunde das Recht zur Nutzung des Schierbrunnen-Quellwassers. Unser kaltes Moor liegt über der Stadt, über dem Fluss, das Land fällt von Südosten bei vierzig Metern über NN durch den Abfluss der Goldbaek und des Schiergrabens auf neunzehn Meter über NN ab. Geländeneigungen über sechs Prozent treten nur vereinzelt auf.

Sonst machte ich kaum mal Hausaufgaben, und vor allem bekam ich den Mund im Unterricht nicht auf. Aber dies war kein Gespräch, es war nur Sprache, ich hielt das Referat wie ein Sprachrohr Nicos. Es muss superpedantisch geklungen haben. Vollkommen humorlos redete ich weiter: *1966 wurde der Stadtteil* Das kalte Moor *unter der Schirmherrschaft des niedersächsischen Sozialministers und des Bundesministers für Wohnungswesen und Städtebau zu einem Demonstrativbauvor-*

haben erklärt. Nico hatte mir eine Studie zum fließenden und ruhenden Individualverkehr ausgewertet, in der auch zu lesen war, dass die Architekten den südöstlichen Höhenrücken durch Gebäudehöhe zusätzlich akzentuierten. Vier bis sechzehn Geschosse. Da, wo wir wohnten, waren wir also doppelt oben. Dank des Bauträgers Neue Heimat und der Zuschüsse der Minister.

Darüber wurde beim Referieren nicht so gelacht, wie ich es mit Nico getan und daher erhofft hatte. Es lag wohl daran, dass die meisten Mitschüler gar nicht in den Wohnblöcken lebten. Fast alle hatten ihr Kinn schon auf den Tisch gelegt, ich quälte sie mit meinen Ausführungen. Manchmal konnte ich Nicos Schrift nicht lesen und verhaspelte mich in diesen ganzen Konstruktionen. Es ging noch um den Entwurf der kombinierten Rad-/Fußwege mit trennendem Flachbordstein, geplant waren sogar unterschiedliche Fahrbahnbeläge, aber die sind nie realisiert worden. Schließlich die Sache mit den Autos, sie nannten es *das Abkoppeln des Sekundärsystems von den Wohnzonen.* Damit waren in den Sechzigern wohl Hundertschaften von Stadtplanern beschäftigt: die Höfe zu beleben, eine wirksame Abgrenzung vom Autoverkehr zu schaffen.

Zu Hause von der Schule warf ich zuerst einen Blick in die Küche, auf den Herd. Da stand das Mittagessen, meistens in zwei rostfreien Töpfen, einem großen und einem kleinen. Es war ja niemand da, wenn ich kam, also konnte ich frei entscheiden, ob ich erst mal für zwei Stunden auf das blaue Wohnzimmersofa fallen wollte. Von den Nächten bei Nico war ich oft völlig übermüdet, und das mit den Töpfen fällt mir ein, weil ich immer dann vor dem Mittagsschlaf essen

wollte, wenn nur ein einziger Topf auf dem Herd stand. Bei den Kindergerichten, die schnell gingen, Grieß, Milchreis, solche Sachen. Und Ravioli halt. Da konnte ich nicht widerstehen. Aber was schnell ging, brannte natürlich auch schnell an. Hin und wieder kippte ich einfach schon auf der Küchenbank zur Seite und nickte weg, bis ich von schwerem Geruch erwachte. Der sich beim Öffnen der Augen als grau und dicht erwies. Man konnte nicht mehr von der Küchenbank bis zum Herd sehen. Rostfrei war also nur die halbe, die äußere Wahrheit der Töpfe, innen wurden sie immer anfälliger.
Wenn klar war, dass etwas böse angebrannt war, ließ ich mindestens die Hälfte des Essens im Topf. Hoffte immer, dass die Wahrheit eventuell zu einem Zeitpunkt herauskommen würde, an dem meine Schuld nicht mehr zu beweisen wäre. Wenn Vater sich den Rest abends aufwärmen wollte. Genau das gleiche Verhältnis zu Toastern. Ich konnte die lange Wartezeit nicht ertragen und zog die Federung meistens früher hoch. Bis die Feder ausleierte und gar nicht mehr einrastete, da lief ich einmal morgens durch die Wohnung und meckerte, was sich meine Mutter da wieder für ein Gerät habe andrehen lassen.
Natürlich bekam ich dafür eine runtergehauen. Ganz plötzlich, links, rechts. *Damit du mal aufwachst*, sagte meine Mutter und ließ eine stille Wut in mir zurück.

Ich sehe Lina und mich vor dem Kino, das ja eigentlich nur ein vermoderter Keller in Mirkos Hochhaus war. Ummauert von dicken Ytongsteinen, zwischen denen der aus den Fugen gequollene Mörtel erstarrt war. Mirko verteilte in der Schule selbst kopierte Tickets an Auserlesene, wenn sein

Vater wieder irgendeine Filmrolle aufgetan hatte, die uns zuzumuten war. Immer donnerstags, um einundzwanzig Uhr. Nichts daran inoffiziell, alle Eltern wussten von den Treffen. Ich fand sogar mal einen Zettel im Jackett meines Vaters, auf dem das Programm des Folgemonats stand. Also keine Actionfilme, überhaupt nichts Amerikanisches, nur europäische Filmkunst. Mirkos Vater saß nicht ohne Stolz in der ersten Reihe, auf einem der bepolsterten Gartenstühle, und er schmunzelte oft schon beim Vorspann über seinen erzieherischen Glücksgriff. Vielleicht auch bloß über die Namen der Schauspieler. Manchmal konnte er es sich nicht verkneifen, den Filmen seine ganz persönliche Geschichte voranzustellen. Seine Zahnreihen standen dann grell und zusammenhangslos in der Mitte des Kellers, wie das Gebiss der Katze aus Alices Wunderland. Er redete und redete, wann und wo er den Streifen zuerst gesehen hatte.

Wir sahen einmal einen Film über Kälte, schwedisch, er hieß *Der Flug des Adlers* und zeigte den vor fast hundert Jahren missglückten Versuch, mit dem Ballon den Nordpol zu erreichen. Drei Menschen stürzten über Spitzbergen ab, aber das war irgendwie nicht das Schlimmste, ich denke mehr an meine Empfindlichkeit gegenüber einer bestimmten Filmtechnik. Die Ballonfahrer hatten sich nämlich auf der ganzen Reise, ja sogar nach dem Sturz aufs Eis, fotografiert, und das Tagebuch- und Fotomaterial wurde dreißig Jahre nach ihrem grausamen Tod entdeckt. Der Film stellte die Geschichte ja nur nach, und um das zu betonen, wurden oft jene schwarz-weißen Originalfotos in die Szenen geschoben, mit dem Geräusch eines Diaprojektors beim Wechseln. Das rauschte wie Messerschnitte in etwas Vertrautes.

Oft hat es in Mirkos Keller hineingeregnet, ich denke jetzt an aufgeweichten, glitschigen Boden, aber das kann nicht stimmen, es war ja alles betoniert. Noch auf der Kellertreppe kam mir der Aufstieg in die Nacht nach dem Eis-Film vor wie ein Aufstieg aus dem kalten Moor. Es war neblig und kalt, und die schwarz-weiße Wirklichkeit der Fotos nahm kein Ende.

Nico konnte sehr altklug sein. Über Katja Neumann wollte er lieber nicht sprechen, aber als er hörte, wie sehr ich mit dem Schulreferat gepunktet hatte, erzählte er mir schon bald die Geschichte des Wassers. Zunächst wurde es in Holzröhren hinunter in die Stadt geleitet, aber der Wasserverlust in den Gelenken war enorm, und irgendwann legte man dann Bleirohre aus.

Das Wasser zeigt die Jahrhunderte, sagte Nico: *Schließlich baute man die Stadt über die Wallanlagen hinaus, aber für diese höher gelegenen Gebiete reichte der Wasserdruck nicht aus. Dann oxidierten auch die Rohre und warfen Flocken aus. In Regenzeiten verschlammte das Rohrnetz. Die hölzerne Altstadt selbst stand unter Großfeuergefahr und musste ständig mit Hochdruckwasser versorgt werden. Es gab so viele Zwänge, sich weiterzuentwickeln. Das Rad durch Turbinen zu ersetzen, den Kolbenpumpenantrieb zu erfinden.*

Irgendwann geriet Nico über die Fakten hinaus, geriet ins Schwafeln, aber noch da hörte ich ihm gerne zu. *Kaltenmoor hat die Stadt mit Wasser versorgt, als es dort gebraucht wurde*, sagte er: *Von Kaltenmoor aus fand die erste zentrale Trinkwasserversorgung statt.* Und wir hätten deshalb wohl ein gutes Recht gehabt, das Wasser sechs Jahrhunderte später von der Stadt zurückzufordern.

Es muss die Kunst gewesen sein, ich hatte ständig irgendeine Leinwand im Auge, auf der Nico arbeitete. Die Kunst war der einzige Grund, warum ich so gut zuhörte, warum ich Nico ernster nahm als meine Lehrer. Ich dachte, er braucht diese ganzen Informationen, wenn er malt. Denn es soll ja alles aussagekräftig sein.

So lange ich zurückdenken kann, holte ich Lina morgens zur Schule ab. Ganz am Anfang nannte ich sie innerlich *meine Schwester.* Weil ich mir eine Schwester wünschte, mit der ich umarmen üben konnte, ganz unbefangen. Eine Schwester, die man lieb hatte, ohne sie zu lieben.
Dazu die Fantasien. Die Mädchen, die ich vorüberziehen ließ, ohne sie je anzusprechen. Am liebsten eine im selben Hochhaus, dachte ich, der ich täglich näher kommen konnte. Sie im Gemeinschaftskeller zwischen den Fahrrädern in Besitz nehmen. Lina kam in diesen Gedanken nicht vor, wohl aus dem einfachen Grund, dass ich mich mit ihr schon unterhalten hatte.

Sie stand irgendwo am Rand zwischen den anderen, als ich mich das einzige Mal ernsthaft im Schulhof prügelte. Ich glaube, es ging um einen Tischtennisschläger. Zum Geburtstag ein paar Monate vorher hatte ich ein paar Hanteln geschenkt bekommen. Meine Mitschüler reagierten sich ständig irgendwie ab, aber sie taten es hinter der Turnhalle und ließen es auch nicht so ausarten wie ich mit Juri, diesem Aussiedlertypen. Wir machten das volle Programm durch: er mit Nasenbluten, ich mit einem so genannten Loch im Kopf, einer Platzwunde, die der Sportlehrer, der Pausenaufsicht hatte, später mit Wundspray stillen konnte. Die Schlägerei selbst war schnell über den Punkt hinausgegangen, an dem man uns in Sieger und Verlierer hätte einteilen können. Zumindest ich erkannte diesen Zeitpunkt, von dem ab sich die Niederlage verdoppelte, die Klamotten waren ohnehin längst versaut. Aber weil niemand eingriff, konnte nicht Schluss sein. Lina sagte später, es sei ihr zu peinlich gewesen einzuschreiten. Und als ich im Jungenklo vor dem Spiegel stand – Juri stand im Mädchenklo nebenan –, dachte ich daran, dass er einen großen Bruder hatte und dass das gar nicht gut war. Denn der war kein Künstlertyp wie Nico, sondern einer, der ohne Hände voraus vom Fünfmeterbrett sprang.

Lina und ich trafen uns in Trainingsanzügen vor ihrem Haus und liefen los. Es kam mir nicht verabredet vor. Nach einer halben Stunde zurück am selben Ort beugten wir beide den Körper nach vorne und keuchten, die Hände auf den Oberschenkeln, die Köpfe hochrot. Als wäre ein Zwischenboden aufgebrochen und darunter etwas Weiches aus Sand und Lärchennadeln zum Vorschein gekommen.
Ich bin hier ungenau, aber es lässt sich nicht besser sagen: Alles wurde mir bewusster, ich bekam ein Gefühl für Zeit, einzelne Tage bohrten sich aus dem Alltag ans Licht. Beim Laufen wurde eine Weite spürbar, wenn wir die Panzerstraße kreuzten, hinter dem Waldfriedhof entlang, in die Nähe des Flusses. *Das Territorium*, hätte Huck Finn vielleicht gesagt. Dort waren wir zusammen, lange bevor meine Hand beim Schiffeversenken auf ihren Arm geglitten war.

Miteinander gehen, sagten die anderen, *miteinander laufen*, dachten wir. Als sich alles zwischen uns änderte, musste ich

sie sofort und unbedingt am Wochenende besuchen. Als hätte mir jemand antrainiert, dass eine gewisse Verbindlichkeit dazugehört, wenn man sich geküsst hat.
Ich wollte sehen, wie Lina das zu Hause so macht. Und saß am Tisch, mit ihren Eltern, alles war schon vor meiner Ankunft abgeschmeckt. Man könne sich ja gar nicht schnell genug für ihre Tochter entscheiden, schwärmte die Mutter. Noch vor dem Essen wurde Doppelkopf gespielt. Als ich die Redsamkeit der Familie als Anfängertum deute und ein stilles Solo wage, werde ich unter dreißig gespielt. Ein Stich sei besser als nichts, sagte Linas Mutter und ließ ihren Blick anvertrauend zwischen uns pendeln. So ging es den ganzen Abend weiter: *Hab mein Kind lieb, und es wird dir folgen.* War es dafür nicht noch zu früh? Ihr Vater jammerte um seine Berechtigung, vom Führerschein bis zum Dasein, fühlte seine Seele nicht versorgt, schmiss Flaschen um, all die Sachen halt, die sich später als unabsichtlich ausgeben lassen. Als hätte ich etwas gesagt, hieß es: *Wir hatten auch einmal ein Ferienhaus, aber nicht in Italien und auch nur gemietet, sicher.* Und direkt im Anschluss: *Ja, unsere Lina, die läuft ja nun, weißt du, Junge, und denn von Tag zu Tag läuft sie mehr und isst weniger.* Als wüssten sie nicht, dass ich mitlief.
Linas Mutter sah sehr angestrengt aus. Als glaubte sie, mit einem mir unangenehmen Menü unsere Beziehung stören zu können. Ich begann, im Essen zu stochern, und vertiefte mich in mein Besteck.

Ich fuhr ja zur Schule, ich will nicht sagen, dass ich gar nicht erst hinfuhr. Aber ich gab mich im Unterricht nur anwesend, wenn ich damit einen Effekt erzielen konnte, etwas, das sich auf den Gesichtern der anderen ablesen ließ. Ansonsten trat ich in ein beinahe klösterliches Schweigen ein, das niemandem weh tat, weil ich auch schweigend Freundlichkeit ausstrahlte, an den richtigen Stellen sogar lächelte. Ich erinnere mich an die Zeit, als wir alle das Wort *ironisch* lernten. Und meine früheren Freunde drehten sich zu mir um, als müsse ich der Urheber sein.

Ich wurde gleichgültig, ohne mich zu fragen, ob die Dinge es verdient hatten. Nico war mein einziger Lehrer, er klärte mich auf, und er erzählte auch so über die Nazis, dass es nicht an mir vorüberrauschen konnte. Nico hätte Lehrer werden sollen.

Gegenüber allen anderen waren Entschuldigungen nicht vorgesehen. Wenn ich zu Hause vorzeitig den Küchentisch räumen musste, überließ ich meinen Eltern den Stolz, das letzte Wort zu haben. Denn das letzte Wort war ja die von mir zugeschlagene Zimmertür. Und auf dem Bett, wenn nichts mehr zusammenging, wenn der Augenblick mich vollkommen einnahm, kamen die Tagträume: ich in einem gelben Neoprenanzug vor dem Schlafzimmerspiegel meiner Eltern. Ich in den Sommerferien, in Vorbereitung auf mein erstes Überlebenscamp. Es sollte wohl an einem reißenden Wildbach stattfinden. Ich, mit meinem Bizeps spielend. Als der Traumtag der Abreise kam, war der Kick schon verflogen. Mutter stand hinter mir und nannte mich in halbseidenem Ton *mein liebes Bisschen*.

Der erste Sprung über Kasten oder Bock oder: die Angst, nicht rüberzukommen. Daneben stand ein alter Mann und sprach einem aus Erfahrung gut zu. Man sah sich um, alle standen in identischer Hilflosigkeit da, ganz unabhängig von Körpergröße und Liebesglück. Alle anderen fieberten

mit allen anderen, mit den geliebten Mädchen vor allem. Lina fehlte.
Der Sprung in die Gesellschaft: Wer drüben ankam, war aufgenommen. Viele Anläufe wurden abgebrochen. Wir verfluchten das Sprungbrett, das seinen Namen gar nicht verdiente, wenn man es mal mit dem Feder-Einer im Freibad verglich. An den Ecken der harten hellblauen Matten war zu lesen, dass all diese Geräte des Teufels aus Braunschweig kamen.
Folgte das, was uns am Ende der Sportstunde als Mannschaftsspiel verkauft wurde. Meistens Völkerball, das Spiel, bei dem wir Jungen unsere Wurfgewalt beweisen mussten. Völkerball in der Schule war Krieg, echter als Schiffeversenken. Es ein Spiel zu nennen ist eine dieser unerträglichen Halbwahrheiten, wie sie die Schule pausenlos in die Welt setzte. Man ballerte jemandem einen hart aufgepumpten Gummiball auf den Körper, und es gab nur eine größere Wut als vorbeizuwerfen, das war, wenn der Feind den Ball fing, mit den Armen schluckte. Meine Mutter am Spielfeldrand, sie hätte einfach den Zeigefinger gehoben und – ohne die Wut zu erkennen – gesagt: *Überschätz dich nicht immer so …*

In Buñuels Film *Der Würgeengel* wird eine Abendgesellschaft durch unersichtliche Kraft in einem Kaffeezimmer gehalten. Kommen einfach nicht mehr raus, die Leute, sitzen fest, ohne dass da eine verschlossene Tür ist. Ich dachte nach dem Kino in Mirkos Keller darüber nach, wie schwierig es sich gestalten würde, den umgekehrten Fall zu inszenieren. Ließe sich so etwas wie der Zwang zu einer unaufhörlichen Bewegung darstellen? Würden die Zuschauer die Langsam-

keit als filmisches Mittel ersetzt sehen können durch die Schnelligkeit? Es war unvorstellbar.
Den *Würgeengel* bekam man nur einmal zu sehen, und von da ab schaute ich zurück, um den Punkt zu erhaschen, an dem ich den Raum als Gefängnis erkannt hatte. Nichts zu machen. Diesen Punkt gab es nicht in meinem Körper, in meiner Erinnerung. Der Film war das Allmähliche. Die Kopfschmerzen, mit denen eine der Schauspielerinnen vor dem Schritt nach draußen zurückschreckte und mit denen sie sich wieder aufs Sofa fallen ließ. Dieses allmähliche Würgen, das an der Grenze aufstand. Unter uns die quietschenden Federn der Gartenstühle.

▪ ▪ ▪

Nico, hat er in der Tür gesagt, die erste Silbe überbetont wie früher, nicht lang gezogen, nur das *i* sollte herausragen, wie die Spitze eines Eisberges, den man vor dem Schiff warnen möchte, leicht angenervt schon, weil der Eisberg nicht gleich reagiert, *Mensch Nii-coo*, Vokale, die zu einer Sirene auseinander fielen, und er hat dabei auf das Bild auf der Staffelei gezeigt, *Du bist ja nicht mehr zu retten*, und gelacht, während die Vokale nachhallten, *i – o – i – o*, wo kommt nur die Sirene her, schon auf der Ausfallstraße, die hier nicht Entlastungsstraße genannt wird, hier nicht, wieder ein Rettungswagen, eine gestürzte Alte im Treppenhaus vermutlich, eine dieser grauen Schildkröten, ist auf den Panzer gerollt, zappelnde Glieder in der Luft, ein grausam verspäteter Griff zur Schläfe, unter der eine Augenbraue aufgeplatzt ist, aber die alte Frau steht ihrem eigenen Blut so ungläubig gegenüber wie einer Preiserhöhung im Einkaufsladen, sieht auf das Blut an ihrer Hand, als würde sie sich noch jetzt die Frage gönnen, ob das wirklich ihres sei, diese Terrarien hier drau–, *Niii-coo*, jetzt rüttelnd, ruft er, und ich sehe diesen durchdringenden Blick, der ihm nicht gehört, tatsächlich: mein Bruder!, nicht gekommen, um ignoriert zu werden, *Was wollte der denn …*, und er hebt an, sich mir zu erklären, dass die Schritte ja nun mal in verschiedene Richtungen, wobei man von Schritten bei mir, Nico, ja kaum reden könne, steht dabei in der Tür, ein Bein angewinkelt, die Schuhsohle im Türrahmen aufgestellt, zieht sich immer wieder die Hose hoch, aber das nützt nichts, er ist dünner geworden, und es nützt nichts: Die Stadtrundgänge sind wieder da, denen ich mich noch entziehen konnte, aber er nicht. Belanglos eigentlich, unter Mutters Fuchtel bei C&A die herabgesetzteste Hose der Saison anprobieren, wieder eine Hose, die, wenn er sie mit Schulfreunden in Waschkellern färbte und zu seiner Lieblingshose machte, nicht mehr lange lebte, weil Mutter einfach das Waschen unterließ, um die Hose, *ach ja, die rote*, plötzlich verschwinden zu lassen. Keine Anfrage fand Antwort, ich habe seine pure Verzweiflung vor mir wegen einer Hose, und Mutters milde Autorität schlug um in ein Verbrechen, so nannte mein Bruder das damals, ein Verbrechen, was wusste er schon, nur weil Mutter zugab, sie habe die Hose schon eine Woche zuvor der Altkleidersammlung mitgegeben, wohl wissend, dass mein Bruder den Weg der Hose somit unmöglich rekonstruieren konnte … In einer der übrig gebliebenen, ausgebeulten Jugendhosen steht mein Bruder im Türrahmen, ich habe ihn Monate nicht gesehen, er ist abgemagert. Er hätte mich einfach sehen müssen und das ganze Viertel, sagt er, würde auch gerne etwas bleiben, ein paar Tage. Er fordert mich auf zwischenzufragen, aber sonst zuzuhören. Was für Augen, seine Augen strahlen nichts anderes als Recht aus, Recht auf Erwachsensein, auf Reife. *Du wirst lachen*, sagt er, *ich habe Anschluss gefunden*, und spreizt die Arme, öffnet die Handflächen, es sieht komisch aus, weil er die Schultern nicht hochzieht dabei, dafür jetzt wieder die Hose. Hat sich ganz schön was zurechtgelegt, entgegen seinem alten Anspruch, der ja besagt hat, mit dem Fluss raus, ja immer nur rauszukommen und weg von hier. Nun also doch ein *Anschluss*, aber ich halte sowohl die Frage zurück, welchen Anschluss er denn meine, noch sage ich ihm, dass man eine Geschichte so besser nicht anfangen sollte, nicht an seiner Stelle … Als gehe es zwischen uns um Züge, Eilzüge, Umzüge, und das Bild von Zügen, die uns nacheilen und sich selbst aufrufen: Schwarz und weiß aus deutlich-deutschen Lautsprechern, schwarz auf weiß fahren sie immer noch ab und fahren ein, regelmäßig in den Hauptbahnhof zumindest meines Kopfes, Züge, überfüllt, von untermenschten Vorstehern weggewunken, und wenn ich mich erinnere an unsere Gespräche, ist von dort überhaupt ein Anschluss zu finden? Ich frage ihn, mir fällt gar nichts anderes ein: *Wo kommst du denn eigentlich her jetzt?*, und er streckt eine Hand halbherzig in Richtung Fenster, als spiele jemand wehmütig Klavier dazu, sagt: *Von draußen*, warum nur nehme ich den Blick dazu nur als Vorwurf wahr, Vorwurf an mich: weil ich hier ausgeharrt habe, wo alle nur verschwunden sind? Mich hat es ja nicht gegeben, seitdem die vier an die Elbe hinausgefahren sind, besser: seitdem ich ihnen den Umzug gemacht habe … Und nun ist er plötzlich hier, ich sollte nicht über meinen Bruder sprechen, aber ich weiß schon, ich tue es trotzdem, er hat sich hier einquartiert, und wenn er am Tisch sitzt und schreibt, ist es Tag; wird es dunkel, sitzt er auf dem Sofa und säuft, ich hasse das, es geht schon eine ganze Weile so, und es gibt nicht viele Gründe, sich in seine Schreiberei einzumischen, vielleicht nur zwei: Ich habe andere Augen, ich wohne hier eine halbe Ewigkeit. Das ist alles, und wenn ich lese, wie er anfängt, über mich zu reden, über Katja, über seine Lina, dann schreibt er nicht über das, was er abends mit mir besprochen hat. Da fehlt etwas, auch die Geschichte mit dem Referat, das habe ich ihm komplett geschrieben, weil er keine Ahnung vom kalten Moor hatte. Ich habe ihm schon gesagt, er solle sein Ding machen. Diesen ersten Teil hat er mir gezeigt, und ich habe ihm gesagt: Wenn das seine Absicht ist, wenn es darauf hinauslaufen soll, dass die Architekten hier alles verkehrt gemacht haben, dann muss ich den Mund einfach aufmachen, und dann ist das auch nicht altklug. *Du musst das Zeug nicht lesen …*

2

An der Goldbaek, dem früheren Salinenzufluss, konnte es sehr faulig riechen, wenn das brackige Moorwasser zu viel trockene Luft bekam. Es gab ein Stück, das ganz von Dickicht verschluckt wurde, etwa siebzig Meter des Baches waren nicht einzusehen. Lina und ich mussten einfach dort hinein. Mit den Gummistiefeln, die uns später auch durchs nordfriesische Watt führten. Und wie so oft, wenn man etwas durchaus für möglich hält: Es passiert. Wir sackten sehr tief ein. Hatten Panik. Es war ein Sommerabend, das Moorwasser stank bestialisch und stieg uns bis zu den Schultern. Hunderte von Mücken und Fliegen schwirrten um unsere übrig gebliebenen Köpfe.

Während wir dem Gröbsten entstapften, begannen wir schon zu quasseln, als müssten wir uns unserer Stimmen versichern. Lina nannte den Ausflug *eine besonders gelungene Aktion. Nur durch solche Aktionen rücken Menschen zusammen*, sagte sie, und ich hinterher, dass unsere Liebe gar nicht anders könne als wachsen. Es kommt mir vor, als holten wir hier die amerikanischen Filmszenen nach, vor denen uns Mirkos Vater im Kino immer bewahren wollte.

Wir schworen einander, vor den Eltern standhaft zu schweigen, wenn nach dem Grund für die dreckigen Klamotten gebohrt würde. Huckleberry Finn hatte erstmals seine Hand über uns ausgestreckt.

Lina suhlte sich im Schlamm. Ich küsste sie ab. Das kalte Moor, das sich immer auf Distanz gehalten hatte durch seine Wände und seine Begrifflichkeiten, hier klebte es an unseren Körpern, mit dem Geruch des Verwesten, des Gewesenen. An dieser einen Stelle, in einem Dickicht von gut siebzig Metern Länge, hatten sie es nicht dichtgemacht, das Moor. Nicht zugeschüttet, nicht trocken gelegt.

Als sie das kalte Moor bebauten, musste natürlich die Kanalisation ausgehoben werden. Man wollte den Boden *aufschließen*, wie es die Geologen um Nicos Vater nannten, wenn sie nach Geschichte suchten. Hier fanden sie über den Braunkohlesanden den *oberen Glimmerton*. Damit war das Projekt Wohnviertel gesichert, denn auf Glimmerton konnten ohne große Schwierigkeiten Fundamente gesetzt werden. Wo wir wohnten, im Osten von Kaltenmoor, lagen unterschiedlich gekörnte Sande, auch das war für Hochhäuser in Ordnung. *Die Talaue der Stadt war dagegen viel schwieriger zu nutzen*, sagte Nico, *sie trug feinkörnigere Sande, viel Stauwasser dort, von Torf überlagert*. Das kalte Moor war ein jahrhundertelang nur landwirtschaftlich genutztes Gebiet, jetzt suchte man es nach Fossilien ab, die aufschlussreich waren für die Entstehungszeit. Nico hatte von seinem Vater erfahren, dass das Land mit der zweiten jungtertiären Meeresausdehnung entstanden war, als die Pole noch eisfrei waren, die Erdforscher nennen diese Schwemme den *Elbe-Zyklus*. *Die Elbe war also immer schon da*, hat mir mein Halbbruder abends gesagt, und ich wollte es nicht glauben. *Der Fluss ist unter uns*, sagte Nico und zählte auf, was sein Vater beim Ausheben im kalten Moor gefunden hatte: Würmer, Haizähne, Gräten, Korallen, Seeigelstachel und sogar einen Walwirbel. Insgesamt 57 verschiedene Arten von Weichtierschalen.

Der erste Kuss, da liefen wir schon lange. Ich hatte die Arme auf den Rand des kleinen Betonbeckens gestützt, an dem

die Witwen ihre Gießkannen für gewöhnlich auffüllten. Auf der äußeren Beckenwand hatte man eine Kiesschicht aufgetragen, wenn man die Hände darauf drückte, war es wie ein Nadelkissen.
Der Friedhof war nicht zu umlaufen. Ich spuckte weißen Schleim ins Becken, während Lina Dehnübungen machte, ich hörte ihre Ausfallschritte in meinem Rücken über den Sand ratschen. Spürte meinen hochroten Kopf und dachte im selben Moment daran, wie gut die Farbe taugte zum Kuss: *Komm her. – Auf dem Friedhof? Du spinnst ja. – Komm her, bitte.* Warum wusste sie gleich, was ich wollte? *Was spricht dagegen?* Für einen ersten Kuss waren wir ziemlich cool, und dann die Antwort erst: *Dass alle zugucken …* – Was sollte ich tun. Schocklos drauf zu. Danach hielt ich den Kopf ins Wasserbecken, in dem meine eigene Rotze schwamm. Ich tauchte auf, sagte: *Alles klar*, und wir liefen zurück, auf Hauptweg C in Richtung Wohnblöcke.

Nico wollte Porträts von Katja malen. Ich wurde beauftragt, sie für ihn zu fotografieren.

– Wie das denn? Fotos?
– Am liebsten nackt.
– Nico, Mensch …
– Bist du mir nicht eigentlich was, sagen wir mal, schuldig?
– Nico, das ist doch hier ein ganz seriöses Atelier, ich meine, wenn du ihr was schreibst, mit Briefkopf und so, sie wird doch überrascht sein, wer du bist, also was du machst. Wenn das eine Frau nicht reizt, na ich weiß nicht, was dann.
– Hier, pass auf das Ding auf, ist teuer, dafür aber auch nicht unauffällig (Grinsen). *Ich hab nen Sechsunddreißiger eingelegt, und*

komm bloß nicht auf die Idee, selbst zu entwickeln, in eurem beschissenen Schullabor.
– Du, ich hab den Ton satt, du –
– Dann hast du ihn halt satt. Ich muss arbeiten … Nu komm. Mir zuliebe.

Was tun gegen diese Verbrüderungen? Zumal, wenn es um die schönste Frau des Wohnviertels geht …

So stelle ich mir das vor mit Katja Neumann, Braut aller Bräute, beschwärmt von beiden Seiten; Vater und Nico sitzen in der *Ewigen Lampe* und schwören sich zwischen zwei Doppelkorn, sie *demanderenauchmalzulassen*, wenn es denn so weit sei. Beide gehen von demnächst aus.
Der Eingang zur *Ewigen Lampe* liegt in einem der vielen *Tunnel*, mitten im Hausdurchbruch durch ein Erdgeschoss. Der Laden ist deshalb sehr dunkel. Einer der Päderastenbrüder, noch nicht ganz so betrunken, bemerkt, dass wohl alles vorbei sei, wenn Katja die beiden hier so sähe. Vater mit Stiefsohn. Die Kneipe weiß allgemein, worum es geht. Hermann Theden, Wirt und tagsüber Hausmeister (für den Bereich Julius-Leber- bis Theodor-Haubach-Straße), wird bis an sein Lebensende erzählen, dass Katja Neumann *erstens sehr viel öfter hier sitzt als von allen angenommen, meistens sehr früh, Cappuccino, sehr starrer Blick, wir also zu zweit, gut, dass ich hinter der Theke der Mann ohne Unterleib bin, hähä,* und dass sie *zweitens mit verdammter hundertprozentiger Wahrscheinlichkeit bi ist*, was Thedens Frau, so sie irgendwo in der völlig verrauchten hinteren Gegend der *Ewigen Lampe* auftaucht, mit überlegtem Nicken bestätigt. Nico und Vater stecken die Köpfe zusammen und sind ganz für sich allein, lachen

über die anderen oder über ihren eigenen Unglauben. *Im Übrigen drittens*, fährt Rosenberg in die gestreute Runde, *könnt ihr davon ausgehen, dass sie mit dem Studium rumspinnt. Sie arbeitet schwarz. – Wo? Wo? – Wenn das man nicht was kostet.* Theden lacht schallend. Nico und Vater kippen noch einen, dann wird das Gespräch vertagt.
Wie kann man denn zu so einem Zeitpunkt die Segel streichen?

Alles, was war und was ich erinnere – bis hier hat Lina es für mich zusammengehalten. Nicht mehr als Bilder, noch nicht einmal Stationen. Mein Alter scheint mir darin ziemlich egal zu sein. Manches liegt fünf Jahre zurück, das meiste eher zehn. Bis hierhin Lina. Aber was jetzt kommt, hat mit ihr nichts zu tun.
Selbstverständlich war das ja nicht, dass man, nur weil einen der Halbbruder zu Fotos seiner großen Liebe aufforderte, im Keller den alten Seilzug von Vater hervorgrub, den ganzen Apparat nachts an Parkhausgeländern austestete, um sich eine Woche später in den zweiten Stock hochzuhieven wie ein Freikletterer. Wenn man vorher höchstens mal die Sprossenwand in der Turnhalle erklommen hatte, war das alles nicht selbstverständlich. Da kam mein Vater ins Bild und im selben Moment Katja Neumann, zwei Menschen, die es nie zuvor in einem Raum gegeben hatte, von meinen komischen Träumen mal abgesehen. Aber was ich vom Seilzug aus durch das Fenster sah, kurz nach einundzwanzig Uhr an einem nur wegen der schluckenden Dunkelheit von mir gewählten Wochentag, waren zehn Sekunden eines Verbrechens. So sehr ich mir danach sagte, die Schulschlägereien seien ja auch nicht zu unterschätzen und meistens sehr ernsthaft gemeint,

das hier Gesehene, der Blick Katjas, unter der Achselhöhle meines Vaters hindurch, sein massiver Körper, ihre verdrehten Arme, seine Schulterblätter, herausstechend und sofort wieder im Rücken verschwunden, wie stumpfes Flügelschlagen, Katjas Beine wie im Zeitraffer – das war so weit weg von selbstverständlich ... ich hatte keine Worte dafür. Und ich wusste nicht einmal, ob die Sprache dafür keine Worte vorsah oder ob ich sie einfach noch nicht gelernt hatte.

Ich besaß immer genügend Frechheit, die Alten als aussterbende Generation zu nehmen, mich nicht mit ihnen zu belasten, aber da brachte sich mein Vater ins Spiel ein, wie ein Metall, das von einem Tag auf den anderen zu leiten beginnt. Immerhin habe ich es doch noch rausgebracht. Gerade, wenn es um Verbrechen geht oder um die Pläne, jemanden zu befreien, wird einem doch ständig dazwischengeredet. Man will es einfach machen, so einfach wie möglich, will auf ein Ziel hinsteuern, *hin* erzählen. Auch, weil man Angst davor hat, sich zu verzetteln. Aber es gibt immer eine Stimme, die ich nicht verschwinden lassen kann, die mit den Andeutungen zu tun hat. Ich weiß noch immer genau, wo sie herkommt. Tom Sawyer. Ich habe noch gar nicht von ihm geschrieben, was? Tom bestand darauf, keine weit reichenden Pläne zu machen. Der Weg war das Ziel. Wenn nicht abbrechen, dann wenigstens abbiegen. Bis der Weg endlich gefährlich genug wurde: »*I should* hope *we can find a way that's a little more complicated than* that, *Huck Finn.*«

– *Sind ja bloß acht Fotos runter.*
– *Du kannst mich mal mit deinen Fotos.*

– Und wer ist drauf?
– Na, raten Sie bitte jetzt.
– Pfff.
– Sie, wer sonst.
– Allein?
– Ich bin ihr nicht in die Stadt nachgelaufen, wenn du das –
– Mein ich nicht. Du hast doch nur einmal am Seilzug gehangen, oder?
– Wie bitte?
– Also ist er mit oder nicht?
– Bissu bescheuert?? Glaubsda hab ich geknipst?
– Okayokay … Reg dich ab.

Der Seilzug gehörte Vater selbst, aber er brauchte ihn nicht mehr. Vater hatte sich hochgedient in der Firma, war zur Aufsicht einer Kolonne geworden, das hieß, er fuhr mit dem Auto zwischen den Einsatzorten der Glas- und Gebäudereiniger hin und her, überprüfte ihre Arbeit, brachte neue Reinigungsmittel und anderes Material. Er zog deshalb nur noch selten die grüne Arbeitslatzhose an, in die sein Familienname eingestickt war. Nur, wenn wirklich Not am Mann war. In meiner frühen Kindheit war er so noch aus dem Haus gegangen und hatte in der Glas- und Gebäudereinigung geschuftet, einmal hatte er wochenlang Ruß aus den Reetdächern von Fachwerkhäusern geklopft und abgesaugt. Schwarze Ränder in der Badewanne, schwarze Fingernägel beim Abendbrot.
Der Seilzug im Keller war nur noch ein Zeuge der harten Zeit, ein ausgelaufenes Patent aus der Vergangenheit meines Vaters. Das Seil erschien mir so dünn, als könne man damit gerade mal einen vollen Eimer Wasser aus einem Brunnen

ziehen, aber ich hatte es ja dann ausgetestet und für okay befunden. Mich hielt der Seilzug aus.
Vater hatte sich als Kolonnenaufsicht die Sprache derer bewahrt, die nun seine Untergebenen waren. Er hätte sie auch nie so genannt. Einmal zeigte er mir die Geräte, mit denen man professionell Fenster putzt, und da war diese Sprache zum Vorschein gekommen. Vater hatte einen Griff mit Leichtmetallschiene in der Hand, in die ein Gummiriemen eingezogen war, ein manueller Scheibenwischer eben, aber er sagte: *Das ist der Überzieher, damit gehst du drüber, aber nicht so!* – er zog ihn senkrecht durch die Luft –, *sondern so, immer schön in Bögen, oben links in der Fensterecke angesetzt, und dann musst du jede Wasserkante mit der nächsten Bewegung wegmachen.* Er wechselte den Gegenstand in seiner Hand. Der nächste sah so ähnlich aus wie eine Malerrolle, der Überzug war ein wenig weicher und sehr saugkräftig. *Und das hier ist eine Muschi, damit seift man das Fenster vorher ein.*

Es war unser aller Leben, aus dem Katja Neumann verschwand. Unerträglich für Nico, dass sie nicht nur seine Nähe scheute, sondern ihn zu verachten begann wie meinen Vater. Katja war schlau genug, den Absprung nicht zu verpassen. Trotzdem wurden wir von ihrem Gehen überrascht. Eine lange Zeit hatte sie sich zurückgezogen, und da dachte man natürlich, sie versuche über Vater und mich mit meinem Seilzug hinwegzukommen. Aber alles, was sie in diesen Wochen tat, war, sich zu beruhigen, glaube ich. Um es danach nicht wie ein Weglaufen aussehen zu lassen, sondern wie einen durchdachten Beschluss.
Als wir uns auf der Straße trafen, ging sie schon nicht mehr ins Solarium, und sie sagte zu mir, ich solle bloß nicht auf

den Gedanken kommen, etwas zu erzählen, auch nicht meiner Mutter. Es war ein Ratschlag, und ich hätte mich fast dafür bedankt. Dann fügte sie hinzu: *Hat dir schon mal jemand gezeigt, wie man sich schämt?* Das war böse und nicht zu beantworten. Und als wir uns ein zweites Mal über den Weg liefen, war alles an ihr verflogen, ihr Haar aufgelöst, sie trug einen großen, versifften Trenchcoat gegen ihre Figur. Es war heller Nachmittag, schon deshalb klar, dass sie ihre Arbeit jetzt wirklich gekündigt hatte. Da sagte sie nur: *Du sollst aufhören, mich zu grüßen. Ich hab dir doch gesagt, du sollst dich schämen.* Es sollte selbstbewusst klingen, und ich dachte damals noch, dass auch andere Leute in der Siedlung sehen müssten, was mit ihr passiert war.

Nach ihrem Auszug wurde sie in der Stadt gesehen. Ein oder zwei Monate lang war sie noch in Reichweite, jemand sagte, sie schlafe in der *Herberge zur Heimat.* Nico erzählte mir, die Herberge sei ein Obdachlosenasyl, ursprünglich sei das Gebäude einmal die Kettenstrafanstalt der Stadt gewesen. Als würde Katja uns beiden, meinem Vater und mir, noch eine Chance geben wollen. Und vielleicht auch Nico.

Nur, um wenigstens dies kurz und schmerzlos zu Ende zu bringen: Juris großer Bruder hat mich spätabends nach dem Kino hinter den Mülltonnen gestellt. Er sagte in gebrochenem Deutsch, dass er sich eigentlich nichts aus Leuten mache, die mit so einem Bundeswehranorak in der Welt herumliefen. *Haufen Dreck* kam auch vor. Er hat mir einmal ordentlich in die Eier getreten, woraufhin einem ja sofort im ganzen Körper kotzübel wird, und, als ich am Boden lag, noch ein paar Mal in den Bauch, auf den Rücken. Ich konnte meinen Brustkorb schützen, das schien mir wichtig. Sein kleiner Bruder Juri musste nicht erwähnt werden. Zum Schluss zündete er sich eine Zigarette an und sagte: *Das nächste Mal isch disch machen Messer.* Das kam mir fast wie ein Kalauer vor.

Meine Eltern hatten nach meinen vier Grundschuljahren ein Empfehlungsschreiben über meine Zukunft bekommen: Es wäre wohl das Beste, mich auf die Realschule zu schicken. Mein Vater las mir damals das Schreiben vor, sah mich ruhig an, als erwarte er einen bestimmten Schritt von mir. Ich wusste nicht, was ich sagen sollte, aber da sprach schon er: *Wir wollen gern, dass du trotzdem aufs Gymnasium gehst.* Ich hätte über dieses *trotzdem* stolpern müssen. Vater redete weiter, es könne ja nicht sein, dass einem Zehnjährigen so der Horizont abgesteckt wird. *Als wüssten die, wofür du zu blöd bist in dein späteren Leben und für allezeit.* Gab es das, gab es neben falscher Bescheidenheit auch falschen Familienstolz? Ich saß plötzlich aufrecht auf der Küchenbank, spiegelte den Stolz meines Vaters und fühlte mich keineswegs überschätzt. Irgendwo hatte er mich berührt. Denen werden wir es zeigen, dachte ich mit ihm, aber wenn ich die Uhr vordrehe, sitze ich auf derselben Küchenbank und vor mir ein blauer Brief.

Es hätte uns vielleicht allen geholfen, wenn ich damals schon die Orientierungsstufe zwischen Grundschule und dem weiteren Schulschicksal hätte besuchen können, aber sie wurde ein Jahr zu spät eingeführt. Drei Jahre hangelte ich mich noch durch, dann sollten wir auf das neue Gymnasium am Rande von Kaltenmoor verlegt werden. Und da kam dieser blaue Brief. Ich hatte ihn mit einem Draht aus der Post gefischt, so, wie es Huck Finn gemacht hätte. Dann gevierteilt und in die große Mülltonne vor unserem Haus geworfen. Dort fand ihn der alte Hausmeister-Heinrich, klebte den Umschlag zusammen und überreichte ihn meinem Vater. Ich wusste sofort, dass ich nur eine Chance hatte: Ich musste den Ärger meines Vaters umleiten auf die brutale Aktion des Alten. Als ich ansetzen wollte, etwas zu sagen, sah ich, dass es mehr war als Ärger. Ich hatte Vater ja einige Noten von Klassenarbeiten verschwiegen, und natürlich hatte ich dabei seine Unterschrift fälschen müssen. Es kam einiges zusammen. Er knallte mir den Brief hin, lief in der Küche im Kreis, er war so wütend. *Scheiße*, sagte er viele Male, als wolle er damit seine Aggressivität unter Kontrolle kriegen. Ich war viel zu fertig, um weinen zu können. Aber im letzten Satz, bevor er aus der Küche ging, hatte er das Wort anders gebraucht: *Sieh zu, wie du aus der Scheiße wieder rauskommst.* Damit ließ er mich zurück, das war ja keine Drohung mehr, eher eine Aufforderung. Er hatte mich noch nicht aufgegeben, das war das Wichtigste. Die Versetzung schaffte ich in dem Jahr trotzdem nicht, und es lag nicht daran, dass ich unbedingt mit Lina in einer Klasse sein wollte. Auch wenn meine Mutter es weiter behauptete.

Nico hatte zwei dicke Mappen aus der Ratsbücherei mitgenommen und machte eine Lesung aus alten Schulgesetzen und Schulordnungen. Ich hatte darauf bestanden, dass er dieses Mal auch Lina einlud. Meine beiden wichtigsten Menschen sollten sich endlich besser kennen und schätzen lernen. Wir saßen vor Nico auf dem Fußboden, und ich war wirklich sehr aufmerksam, mein Blick wanderte zwischen den beiden hin und her. Ich war so neugierig, wie Lina reagieren würde. Aber es war komisch: Als Nico zu reden anfing, vergaß ich das wahre Leben um mich herum. Diese Fütterung mit irgendwelchen Fakten schien ihren Platz in meiner Jugend gefunden zu haben.

Zunächst las uns Nico vor, wie fortschrittlich schon im 18. Jahrhundert vom Unterricht gedacht worden war: »*Vornemlich haben die Lehrer in ihrem Unterrichte darauf zu sehen, welche Gattungen von Schülern sie vor sich haben, und wozu dieselben sich dereinst zu widmen gedenken, da sie dann den Unterricht, nach den besonderen Bedürfnissen eines jeden, möglichst mit einzurichten haben.*« *Das war ja hochmodern*, sagte mein Bruder, *in der Spätaufklärung geschrieben für die Lehrer am alten Gymnasium in der Stadt.* Da hieß es auch, dass die vornehmste Lektion die Gottesfurcht sei, aber ich weiß noch, dass wir in ein lebhaftes Gespräch über Bewegung kamen, darüber, ob nicht die Schule früher der Bewegung freundlicher gegenübergestanden habe.

Nico las einen Paragrafen aus der Schulordnung von 1774, vom Bürgermeister und Rat der Stadt entworfen und abgesegnet: »*Dass man besonders in den unteren Classen die Jugend nicht mit unnöthigem und überflüssigem Auswendiglernen der Wörter und grammaticalischen Regeln oder anderer Sachen, die sie nicht verstehet, ermüde, sondern sie vielmehr durch würkliche Anwendung der Wörter und Regeln … zur gründlichen Einsicht in die Grammatic und Sprachen zu führen suche.*« Oder so ähnlich. Das fanden wir natürlich unglaublich. Lina sagte, da kotze sie aber echt ab über die heutigen Verhältnisse, wenn die das alles schon damals wussten und machten es immer noch verkehrt. Ich riss Nico sogar die Broschüre aus der Hand, um zu prüfen, ob es ein Original sei, ich hüpfte damit herum und hielt das Heft von mir weg, und erst als Nico laut wurde, händigte ich es ihm beruhigt wieder aus.

Vielleicht, um uns eine Freude über die *heutigen Verhältnisse* zu machen, begann Nico den zweiten Teil der Lesung mit den Strafordnungen am Johanneum. Lina ließ sich von den Beschreibungen körperlicher Züchtigung überhaupt nicht erschüttern, aber dann kam Nicos Rede auf die seit Frühzeiten so genannte Carcerstrafe. Wenn ein Schüler isoliert und bis zu zwölf Stunden bei Wasser und Brot gehalten wurde. Wichtig war zumindest im 18. Jahrhundert, dass der Schüler, bevor er die Haft antrat, *»zu seiner Schuldigkeit geführt«* wurde, dass er also seine Strafe einsah. Tat er dies nicht und blieb von *»unverschämter Widerspenstigkeit«*, dann konnte auch der Carcer nicht mehr helfen, und der Kerl wurde von der Schule verwiesen. *Zwölf Stunden??*, fragte ich. *Du spinnst ja*, sagte Lina. *Laut Strafordnung gab es auch vierundzwanzig Stunden, aber dann haben sie es auf zwei Tage verteilt*, sagte Nico. Lina griff nach ihrer Jacke, zog sie an, fiel in den Schneidersitz zurück, streckte Nico die Zunge heraus, kauerte sich zusammen.

Nach diesem Treffen begannen wir, unsere mühsamen Gleichungen aufzustellen. Lina schuf den ersten Satz der Bewegung: *Wenn man sich einen Raum geschaffen hat, kann einem die Zeit nichts mehr anhaben.* Die Zeit ging an uns vorüber, strich um die äußeren Wohnblöcke. Abends, in der Wettervorhersage der Tagesschau, wurde sehr genau gezählt. Aber wir hatten das Problem erkannt: Solange das Wohnviertel die feste Größe war, konnten wir hier eigentlich jede beliebige Zeit einsetzen.

Wir saßen viele Schulstunden hinter der Turnhalle ab, lasen uns auch aus dem Buch vor. Zum Beispiel, wie Huck verschleppt wurde: *»So he watched out for me one day in the spring,* *and catched me, and took me up the river about three mile, in a skiff, and crossed over to the Illinois shore where it was woody and there warn't no houses but an old log hut in a place where the timber was so thick you couldn't find it if you didn't know where it was.*«

Lina und ich sprachen lange darüber, dass Hucks Flucht vor seinem Vater nicht umsonst als Ausbruch beschrieben wurde. Und was für ein Ausbruch war das gewesen! Wie er Dreck in den Austrittsbereich streut, über die Sägespäne, den ausgesägten Holzscheit wieder an der Stelle befestigt, wie Huck das Schwein schießt und es auf dem Tisch bluten lässt, die Tür mit der Axt einschlägt und die Axt ins Schweineblut legt, wie er das Schwein zum Fluss schleift, als zöge jemand ihn, seinen eigenen toten Körper, wie er ein Loch in den Kornsack sticht und eine zweite Spur an den See führt, wie er sich Haare ausreißt und sie an das Axtblut klebt. Und dann: auf den Fluss …

Wir wohnten im obersten Stockwerk.

Ich solle ihr die andere Stelle noch mal vorlesen. Das ist doch ein Jungenbuch, dachte ich, aber las. Natürlich auf Englisch, wir glaubten ja eigentlich alle, perfekt Englisch zu sprechen. Ich las nicht die Befreiung Jims, sondern noch einmal das einunddreißigste Kapitel. Es war *die* Stelle: Wie Huck vor dem Brief sitzt zwischen Sünde und Unterlassungssünde und in jenem Moment die Kraft aufbringt, sich loszulösen aus der Gegenwart und sich an die Fahrt zu erinnern, die Stationen des Floßes, als Jim die Nachtschichten übernahm, die Dankbarkeit dafür, die Nähe. Wechselndes Ufer, unmerkliche Strömung, das Plätschern beim Eintauchen der Treibstange. Und der Verrat in eigenen Händen als ein Stück Papier, das war Huck – eingefangen in seinem größten Augenblick: *»All right, then, I'll go to hell.«* Und dann zerriss er den Brief.

Ein anderer Nachmittag im kalten Moor. Hinter der Grundschule lag der große Sportplatz. Ich kann mich nicht an alle Gesichter erinnern, aber es waren sechs oder sieben Mädchen, denen ich die Hände schüttelte. Da stand ich, locker auf die Aluminiumbarriere gestützt, und sah Lina und den anderen zu, der Leistungsklasse A der Leichtathletik-Gemeinschaft, blaue Trikots mit einem gelben Streifen in der Vertikalen, etwas links versetzt. Die Vorbereitung dauerte lange: Startblöcke, Stoppuhren, Messband, Harke, alles wurde aus dem Kabuff unter der Holztribüne ans Licht geholt, erste Witze in der Ferne, es ging wohl um mich. Grit war die Einzige, die die Laufdisziplinen aufgegeben hatte für den Weitsprung, ich fragte mich, ob ich es für ein Zeichen von Reife halten sollte.

Ich fand in dem Holzverschlag die zwei Fahnen, rot und weiß, für die Gültigkeit des Sprunges und stellte mich damit an die Sandgrube. Ich bildete mir ein, dass Grits Versuche besser wurden, zumindest ehrgeiziger. Das merkte man ja am Spritzen des Sandes bei der Landung, an der Lautstärke des Stöhnens, wenn sie abbrach und durch das Geharkte lief. Sie sprang jetzt schön, mit ihren langen Beinen, die Seiten ihrer Nylonhose waren hoch ausgeschnitten. Ich harkte, hielt die Fahnen hoch, maß die Sprünge ab, vergaß auch nicht, regelmäßig zu grüßen, wenn die anderen Mädchen auf der Tartanbahn vorbeigehuscht kamen. Alles mit filmreifer Gelassenheit. Erst später, als Grits Sprünge doch weiter gerieten, wurde ich unsicher: Sollte ich sie loben? Anfeuern? Wie stand ich zu ihr? In größeren Abständen löste sie ihre Haare, warf sie vor und zurück, befestigte sie neu mit einer hölzernen Klammer. Grits Haare waren brustlang, es gibt nach der Schulter ja keine Maßeinheit mehr auf dem Rücken. Das Ritschen der Finger an der Hose, vorne, hinten, wenn sie sich den Sand abstrich.

Nach ihrem mit Abstand weitesten Satz stand sie in Sprungrichtung auf, ohne ein Wort lief sie zur Außenbahn und hängte sich in die Runde. Ich stand da und muss reichlich bescheuert ausgesehen haben, in der linken Hand eine rote Fahne, in der rechten die erhobene weiße, der Harkenstiel klemmte in der Achselhöhle. So drehte ich mich langsam mit dem Pulk der Läuferinnen, ein paar Runden sah ich mich umkreist von blauen Hemden, bis sich die einzelnen Gestalten voneinander lösten, das war ja Lina! und dahinter die kleine Rothaarige, die immer die Stirnbänder für das Staffelteam strickte. Ich legte das Maßband an Grits letzten Fußabdruck. Über fünfdreißig, ob sie das wissen wollte?

– Na, wie waren sie?

– Eins war zu gebrauchen. Und da warst auch noch du drauf.

…

– Zeig her.

– Hierhierhierhierhierhierhier uund hier. Achtmal Katja Neumann. Brillant!

– Na ja. Obwohl dieses …

– Mann, vergisses.

– Hast du gedacht, sie guckt in die Kamera und lächelt oderwas?

– Ich habe gedacht, ich könnte das Porträt einer Frau malen, und zwar der Frau, die sich auf diesen Bildern befindet, um es ihr zu schenken an einem passenden Tag. Das hab ich gedacht, mein Freund …

Habt ihr geredet? Ich stellte mir unmittelbar vor, dass Lina diese Frage schon unter der Dusche auch Grit gestellt hatte. Weil ich mich in die Dusche dachte, vergaß ich zu antworten, was einem Ja gleichkam. Wir fuhren mit der Linie 14 nach Hause, Lina nach links weggedreht. Sie hat ganz kläglich mit dem Finger auf der nicht beschlagenen Scheibe rumgemalt. Es war wieder so ein Moment. Ich dachte an hochgradiges Beleidigtsein, und sie sammelte sich nur für die ehrlichste Frage der Welt: *Was habt ihr denn so geredet?* Ganz interessiert gestellt, nicht einmal Misstrauen, überhaupt kein giftiger Unterton. Aber wie sollte ich das hören, zwanzig Minuten nach diesen Beinen. Grit war ja wirklich ihre beste Freundin, denke ich heute, und ich war ja wirklich Linas Freund. So einfach ist es wohl nur ein paar Jahre später.

Natürlich ging die Geschichte weiter. Nächster Tag: *Hättst doch sagen können, dass ihr euch überhaupt nicht unterhalten habt. Hat ihr aber gefallen, der Grit, dein Interesse, dabei deine Zurückhaltung. – Na, das ist doch die Hauptsache. – Sie hat am Telefon auf fünfzwanzig getippt. – Mhh?? – Der letzte Sprung. – Ach so, ja. Nein, noch weiter.*

Ich suchte den Doktor am Einkaufszentrum auf, der für das gesamte Wohnviertel zuständig war. Ob das mit dem Laufen eine lohnenswerte Zukunft sei, fragte ich, und er quasselte gleich drauflos, meine Freundin habe ganz überdurchschnittliche Werte in der Brust. Im Gegensatz zu ihrem Vater, der ollen Saufnase. Dann hielt der Doktor plötzlich inne: *Meinst du joggen? Joggen, um davon zu leben?* Er sah mich mit großen Augen an, ich sah mit großen Augen zurück. Der Doktor sagte dann noch, das sei nichts für ihn, aber dass er

wohl auch aus dem Alter raus sei. Das stimmte, er redete wie ein alternder Witzbold. Nur belangloses Zeug. *Überdurchschnittlich sage ich, weil hier ja viele eher unterdurchschnittlich verdienen.* Jetzt verlor er auch noch seine Ausgeglichenheit, oder war das etwa nicht gehässig? Als ich aufgestanden war, rief er mir fast flehend hinterher: *Aber wenn ihr das wirklich wollt, versucht wenigstens, ein bisschen besser zu verhüten.*
Ich nickte und zog die Sprechzimmertür hinter mir zu. Besser als wer? *Verhütung*, schoß es mir in den Kopf, das hatte Ben nachts mal auf eine Mauer am EKZ gesprayt, weil es für ihn *das* Wort sei, mit dem man dieses Wohnviertel total erfassen könne. Sachschäden, Aufregung, Gefahren, Flucht, Ärgernisse, all das musste verhütet werden, in Schule und Familie, um ein gemeinschaftliches Leben auf einer begrenzten Zahl von Quadratmetern für uns Heranwachsende *im Gewinn bringenden Bereich* zu halten. Die letzte Vokabel stammt von Vater (Anlass vergessen).

Ich muss noch mal in die Zeit zurück, in der ich mehr bei Nico war als zu Hause, wegen des Konfliktes. Ich hatte wieder zwei Äpfel in der Hand, Vater hielt mich von hinten fest, gerade, als ich die Wohnung verlassen wollte. Ich schrak zusammen, als würde schon allein der Griff Vaters kommende Beweisführung stärken. So schnell können Positionen verteilt werden; einer der Äpfel entfiel mir und kullerte durch den Windfang.
Wenn man auf einen solchen Griff von hinten nicht innerhalb der ersten fünf Sekunden mit Sprache reagieren kann, hat man verloren. Was verloren? Ich weiß es nicht, aber es war eine Niederlage. Mutter saß jetzt auch da, Vater hatte mich wohl zum Küchentisch getragen. Was ich von ihm noch mit-

bekam: Nico sei faul, aber belesen – eine doppelte Gefahr! Plötzlich fuhr Mutter dazwischen: *Wir sind vorgestern beim Elternabend gewesen. Sie sagten, du hättest dich verändert.* – Natürlich dachte ich zuerst: O Gott, sie sind beim Elternabend gewesen ..., aber beim Aufschauen merkte ich, dass Mutters Satz ungeschickt war, geradezu meine Rettung. Über das Verändern zu sprechen, das Verändern an sich und im Besonderen, das war selbst meinem Vater unmöglich. Jetzt schwiegen wir alle drei, es kam nichts mehr hinterher.

Nico ging es schlecht in seinem Atelier, und es war nicht das Rauchen oder der Blick auf die Panzerstraße. Aber ich musste miterleben, wie er zu malen aufhörte, wie er die Sache mit Katja Neumann nicht zu ertragen wusste, wie Nico einfach mit einer Aufstellung der Materialkosten in der Hand sagte, er könne sich *sein aggressives Potenzial auf Leinen nicht mehr leisten*. Das letzte Bild stand lange auf der Staffelei, schwarze Schrift auf rotem Grund: *Nie wieder Angriffskrieg.* Nichts sonst, kein Motiv. Bis er auch das abdeckte. Er hörte von einem Tag auf den anderen auf zu malen. Vielleicht stattdessen Drogen. Man roch nichts, was unserer Schultoilette irgendwie nahe kam.
Noch drei Monate zuvor hatte uns Nico empfangen und uns stundenlang vorgelesen. Jetzt wurde es anders, er schwieg viel öfter, oder er forderte mich plötzlich auf, zu erzählen, wie man sich fühle, wenn man *von so einem Monster abstammt*, als das mein Vater sich offenbart hatte. Mitten ins Gesicht, alles war auf einen Schlag überschattet. Ich schrak auf, als Nico erstmals über die Sprechanlage nachfragte, wer ihn besuchen wolle. Und ich schmeckte an den mürben Keksen, wie sehr er sich zurückgezogen hatte.

Katja hatte sich nicht mehr gemeldet. In einer Ecke Trainingshosen und Gymnastikschuhe. Nico trainierte für den neuen Eishockey-Winter, als wäre das ein Lebensinhalt. Auch Lehrbücher zur Selbstverteidigung lagen herum.

Natürlich hatte ich nichts dagegen, dass Nico sich bewegen wollte. Ich freute mich über jeden. Wir lebten ja in einem Viertel voll fauler Säcke, man musste sich nur ansehen, wie viele verrostete Fahrräder in unserem Keller rumstanden.

Ich lud Grit zum Bier in die Stadt ein, weil ich meinte, ihr noch die Sprungweite schuldig zu sein. Sie hatte richtig Hintergrund, einen mindestens angesehenen Anwalt zum Vater, sie lief und sprang neben der Schule. Grit wäre noch nicht mal auf den Gedanken gekommen, dass es die Hauptsache sein könnte. Sicher, eine Erziehungsfrage, wie alles. *Der Kopf hat eben einen Ausgangsstandort, wie die Stadtplantafeln den markierten Punkt. Dieser Standort ist nicht nur der Fleck, auf dem wir stehen, sondern ein gefügter, aus allem, was einen anspricht, was zu einem spricht. Der Zufall des Geburtsjahres gehört dazu*, sagte ich zu Grit, *die Nachbarschaft, ob du jemals einen Apfelbaum hoch bist, ob dein Vater jeden Abend das gleiche Gesicht draufhat oder ob er jährlich den Job wechselt, innere Bindung mit dem Betrieb oder nicht, all so was.*

Und ich sprach tatsächlich mit Grit über Linas Zukunft. *Ich hab jedenfalls alle Materialien, du glaubst ja nicht, was sich für Möglichkeiten bieten, allein in Deutschland.* Sie fragte: *Und wie lange glaubst du, hält sie mehr als einen Zwanzigkilometerlauf im Monat durch? – Siehst du doch selbst, wie fit sie ist.*

Konnte Grit es sich wirklich nicht einmal vorstellen? Wir hätten uns wohl zu dritt treffen, auch über Konkurrenz reden sollen. Lina zu jung? Grit hatte sich zurechtgemacht, sie trug ein enges Samtkleid, auch Lippenstift. Die Haare waren jetzt kürzer als auf dem Sportplatz. Sie gab ihren Aussagen mit einem Bierdeckel Nachdruck, dessen Kante sie auf den Tisch tackerte. Sie trank Weizen, sie konnte es sogar eingießen, sie behielt die Zigarette im Mund und verkleinerte die Augen wegen des Rauches. Sie war noch nicht mal sechzehn. Wieder musste ich an Huck denken, an Lina dadurch, an die ausnehmend männlichen Gebärden der Mädchen, die mich interessierten. Dazwischen belanglose Brocken: *Kriegt ihr eigentlich Fahrgeld vom Verband?* Oder: *Du hast schon recht, probieren könnt ihrs allemal.* Sagte ich belanglos? Immer wieder Sätze, die mich aufrichteten, aber: *Ich will später auch weggehen. Studieren halt. Und du hast recht mit der Familiensache, es ist verschieden. Bei uns herrscht noch Anhänglichkeit, auch von meiner Seite.* Wie konnte man das Bitterste noch so cool sagen? *Du wirst dich schon zurechtfinden*, sagte ich.

Ein Satz, der den Abend widerspiegelte. Sobald ich gebeten war, Anteil zu nehmen an ihr, ging das Gespräch ein. Je mehr sie schließlich auspackte über ihren Verwandtenkreis, desto deutlicher wurde: Zu helfen war ich nicht gekommen. Das konnte ich nicht. Hatte ich das gelernt?

Grit häufte Elend an, immer mehr Jungs auch. Sie würde von einem gelungenen Abend sprechen, später, vielleicht auch Lina gegenüber – und ich fand nicht einmal Kurzzeitspeicher für ihre Welt. Grit redete schneller, sie war von einem halben Liter Kristall betrunken. Es machte sie noch schöner. Aber ich wachte nicht auf.

Für Linas ersten Wettkampf fuhren wir mit dem Bus nach H., wo ein Volkslauf stattfand, der durch Innenstadt und

Wald führte. Alle großen niedersächsischen Sportvereine und der Stadtrat hatten wie jedes Jahr dazu eingeladen, und weil das Rennen auf einem Samstag lag, trugen sich Hunderte in die Listen ein. Jeder bekam die Startnummer auf einem Stoffrechteck, das mit zwei Sicherheitsnadeln am Hemd befestigt wurde. Lina hätte noch für die Junioren laufen können, wir meldeten sie aber für den Wettbewerb der Frauen an. Erst kurz vor dem Start kam es mir übermütig vor, mein Puls schlug so stark wie nach einem eigenen Waldlauf. Linas Puls war in Ordnung, ich hatte sie noch einmal aus dem Pulk der Läuferinnen gezogen, wir standen nah beieinander, meine Hand an ihrem Handgelenk. Wir haben uns angeschaut, ich sagte ihr Dehnübungen, die sie mit leicht abschätzigem Blick ausführte. Ich sagte, sie solle die Augen schließen und noch einmal die Streckenführung in Gedanken vorauszeichnen. Wir waren den Lauf oft durchgegangen, er ging über zehn Kilometer, die ersten drei davon wurden auf Asphalt gelaufen, man würde in den Wald eintauchen und erst für die letzten knapp zwei Kilometer wieder auf die Straße zurückkehren. Kaum war der Startschuss gefallen, sah ich Linas Vater mit Fotoapparat im Zieleinlauf. Wo kam denn der her?

Wir waren vorbereitet, aber von einer bestimmten Taktik konnte noch keine Rede sein. Klar, dass wir lernen mussten. Gleichzeitig die Hoffnung, Lina könne sofort mithalten. Einmal hatte ich ihr gesagt, sie solle unbedingt ihr eigenes Tempo laufen, ein anderes Mal, dass sie sich lieber in der Spitzengruppe halten solle. Kurz vor dem Lauf war dieser Widerspruch nicht mehr aufzulösen. Er führte dazu, dass Lina den Lauf viel zu schnell anging und das Tempo auf dem Waldstück schon nicht mehr halten konnte. Die letzten zwei Kilometer hat sie sich nur noch gequält.

Die Platzierung schmerzte nicht, die Zeit schon. Ich stand da und wartete auf Lina, trippelte und war damit beschäftigt, den abschätzigen Blicken von Linas Vater auszuweichen. Endlich kam Lina aus der letzten Kurve. Sie sah das Ziel vor sich und lief langsam aus, sie gab nicht alles bis zum Schluss, sie gab nicht das Letzte. Es war ihr egal. Ich musste mich abwenden.

▪▪▪

Er habe sich gut beisammen, aber das Schreiben, es falle ihm schwerer von Tag zu Tag, sagt mein Bruder abends im Suff, er würde sich jetzt doch gern mal ablenken, den Kampf mit den Konstanten wieder aufnehmen. Ja, nähme Lina das alles als Brief, damit wäre ihm geholfen, sagt er, *Konstanten heißt leider: Es gibt hier keinen Zug, keine huschenden Felder, ergo kein Reisetagebuch* – was gäbe er dafür, wenn seine Handschrift über dem Pulsschlag der Schienenschwellen verrutschte. Aber die äußeren Zufälle seien hier gleich null, der Würgeengel stattdessen, das Wort sagt er öfter, er labert es. *Jeden Abend bis acht Uhr sitze ich an diesem Schreibtisch*, sinniert mein Bruder betrunken, *und denke an ihr Lungenvolumen. Einmal, Nico, fiel mir einer ihrer Zettel in die Hände, über Funktionen der Atmungskette während der Laufbelastung, es ging uns ja damals darum, das Pensum unmerklich zu erhöhen; sanft – das ist ja ein Industriewort geworden, dem das menschliche Gemüt dann Sympathien beiordnen soll, nur um das Sanfte ging es: den Körper zu führen so, wie die grünen Hügelketten von Gottes Hand, da wollten wir uns einpassen, mit der Landschaft laufen, aber was weiß man so jung über seinen Körper, Nico, man läuft und atmet und läuft* ... Spät ist es über seinem Tisch geworden, von dem er kaum aufgesehen hat, als er die Schreiblampe ausknipst und sich im Stuhl zurücklehnt, er habe jetzt endlich den Zugang gefunden, den Anschluss schon wieder, und er kommt herüber, schwitzt unter dem Hemdkragen. Ich sehe meinen Bruder an, warum hat er sich nur hierher aufgemacht, es mögen jetzt fünf Tage sein, er will nicht wirklich hier sein, erschreckt er nicht mitunter gar vor meiner Stimme? Währenddessen spült er für eine weitere Nacht das Wohnviertel hinunter, trinkt und trinkt, ist jetzt so fair geworden, selbst Flaschen zu besorgen. Er starrt auf das Etikett des Franzosen, mit dem wir heute begonnen haben, und ich erzähle ihm von dem Bunker in der Stadt, immerhin dem Bunker des Gauleiters, und dass wir Gauhauptstadt waren seit 1937, er nickt, wird sofort ruhig, da kann ich ihn immer noch kriegen. Wie der Bunker später von Studenten geöffnet wurde: Da fanden sich Bierflaschen, Verfallsdatum vierundachtzig, das könnten auch die Jungnazis aus seiner Schule gewesen sein, im Bunker, da war in den letzten Kriegsmonaten der Luftwarndienst eingerichtet, elf Zellen, darunter drei Telefonkabinen, die Funkstation, ein Fernschreiber. Ich bemühe mich, aus meinem Wissen und den Unterlagen zu ergänzen, zum Beispiel der erste Fluss, von dem mein Bruder schreibt, an dem sie gelaufen sind, den wollte der Gauleiter auf seinen Hof umleiten lassen, das Tal östlich des Bockelsberges für ein Binnengewässer überschwemmen. Und wenn hier von Schulen die Rede ist, ich ging noch ins alte, ins ehrwürdige Gymnasium, in der Stadt, der Rektor saß über Jahrhunderte in jenem Haus, wo dann KZ-Häftlinge eingelagert wurden, die sollten Splittergräben bauen, da könnte man auch anders über Wasser reden: Wie sie mit einem Wasserhahn lebten und sich bloß mit Chlorkalk vor Typhus schützten, da wurden in drei Monaten aus hundertfünfundfünfzig Gefangenen zweiundzwanzig, vor allem Proteine fehlten, das Wasser sammelte sich im Körper, und das Blut zirkulierte nicht mehr gut, die Körpertemperatur sank, so ist das, und davon könnte mein Bruder ruhig schreiben. Es ist viel mehr Wasser im Spiel, wenn man ehrlich genug ist, über den Salzstöcken, über dem, was man die Sülzwiesen nennt, da hätten wir nämlich unser Marsfeld bekommen und einen Ehrenhain mit Säulen und das Gauforum, fünfhundertfünfzig mal sechshundert Meter groß. Wir feiern diesen Tag, feiern still den zweiten April zweiundvierzig, der die Altstadt rettete, als alle Planungsarbeiten für die vom Führer bestimmten besonderen städtebaulichen und baulichen Maßnahmen eingestellt werden mussten, weil das Geld an den Kriegsfronten gebraucht wurde. Mein Bruder stützt sich auf, nickt wieder, als wolle er mir Recht geben. Er konnte überhaupt nicht glauben, dass ich immer noch in der Bibliothek arbeite, jetzt allerdings als stellvertretender Leiter, so geht es eben, wenn man irgendwo dabeibleibt, und wo ich schon einmal dabei bin: Gestern Abend habe ich ihm ein paar Sachen zusammengetragen über den Kreisauer Kreis, die schlesische Widerstandsbewegung, und über die Sozialdemokraten, die sich Anfang der siebziger Jahre an sie erinnerten und viele Straßen im kalten Moor nach den Kämpfern benannten: Alfred Delp, Adolf Reichwein, Julius Leber, Theodor Haubach, Stauffenberg natürlich, alle hier bei uns wieder versammelt, Graf von Moltke, der die anderen auf seinem Gutshof in Kreisau empfing. Das rollte ich gestern noch einmal auf für meinen Bruder, der wie immer sein Whiskyglas drehte, manchmal denke ich, er schämt sich doch ein wenig dafür, dass sich seine Stimme verdoppelt, dass ich ihm harte Gründe hinter seine diffusen Gefühle stelle, ist das eigentlich möglich, jemandem Gründe geben? Aber lassen wir das, was rede ich, ich habe ihm gesagt, er müsse die Generationen annehmen, sie lassen sich nicht auflösen, er kann seinen Vater und den dummen Hausmeister nicht ins Wohnviertel einpflanzen wie Balkonblumen, da ist schon vorher etwas gewesen, in ihnen und um sie herum, eine reale, bestimmende Welt, und dass es etwas gibt wie die Geschichte des Willens. *Das bezweifle ich gar nicht*, sagt mein Bruder, *aber ich lasse mir nicht absprechen, dass sie armselig waren, die Alten, armselig, nicht doof, aber gefährlich für uns dabei.* Und doch wissen wir beide, dass es darum nicht geht bei dem, was er die letzten Tage zusammenschreibt. Dass wir über seinen Vater sprechen müssten. *Den hättest du in der Dorfwelt erleben müssen*, sagt mein Bruder nur, ich frage, was er damit meint, und er kann nicht weiter. Weshalb ich den Abend mit einem einigermaßen rührenden Bild beende, das von *meinem* Vater kommt: Die Widerständischen, das ist doch ein schönes Zeichen gewesen, als die russischen Aussiedler in der Graf-von-Moltke-Straße vorfuhren, dort standen die neuen Sozialwohnungen, *Und nie*, sage ich zu ihm, etwas lauter als vorher, *nie wirst du mir erzählen, dass das alles nicht gut gemeint war … – Neineinein*, winkt er ab, *gut gemeint, alles klar, wie im Dorf*, und er hebt an zu einer längeren Tirade über seinen Wohnort, den verlassenen, den wieder aufgegebenen Platz an der Sonne, in dem *die Stiernacken regieren, die haben um sich herum einen Bogen, einen Kreis gezogen, und dahinter beginnt die Ausgrenzung, verstehst du, Nico, die sind unverwundbar, als wären sie als Kind in die Hofjauche …* Nun endlich bewegt sich mein Bruder auf Zeit und Ort zu, an dem die Beziehung verschwimmt, denn was auch immer mit Lina geschehen ist, er spricht wieder vom Anschluss, sagt aber, je leichter das Schreiben falle, desto schlechter gehe es ihm, und langsam rücke alles näher an ihn heran … Meinen Fragen zu Linas sportlicher Laufbahn, so sagt man doch?, denen weicht er aus. Darüber genau müsse er sich erst mal klar werden, was sei schon Erfolg, ob ich ihm das vielleicht erklären könne. So geht er zu sturen Gegenfragen über, wird aggressiv. Als gäbe es da etwas zu interpretieren, heraus oder hinein, und unser Gespräch versackt immer wieder dort, wo ich es nicht vermute …

3

In meiner Vorstellung war ich schon einige Male auf dem höchsten Wohnturm des kalten Moores gewesen, bevor wir da zusammen mit dem Fahrstuhl rauffuhren. Dieser grandiose Ausblick, über das EKZ hinaus. Mein Gesicht in Linas Halsmulde, ihre nahe Hand auf meiner entfernteren Schulter. Mit leichtem Druck hat sie mich zu sich herangezogen. Früher hatte sie gern die Bänder meines Brustbeutels und der Spardose unter meinem Pullover zwischen die Finger genommen und damit gespielt. Ich trug dieses Zeug nicht mehr um den Hals, jetzt ging es um mich. Hier oben fielen die Geräusche weg, man sah die Leute ihre Einkaufswagen schieben und hörte die ratternden Rollen nicht. Huck erzählte, wie es war: *»He kept me with him all the time, and I never got a chance to run off. We lived in that old cabin, and he always locked the door and put the key under his head, nights.«* Die ganze Fahrstuhlfahrt über haben wir uns umarmt. Wir wussten, was jetzt kommen würde. Zu ebener Erde war der öffentliche Raum wieder auf Quadrate beschränkt, umstellt von einer Macht aus rotem Klinker.

Lina hat mir an der Tür zugeflüstert, ob wir nicht weggehen wollten. Vielleicht liebte ich sie in diesem Augenblick dafür, meine Gedanken gelesen zu haben, aber ich liebte sie.
Stenogramme, in nächtlicher Schlafanzugkälte in die Schreibmaschine gehämmert. Kaum noch verständlich die Texte, dafür aber Vater in der Türangel: *Sachma, hastu se noch alle, hier um halb eins auf dem Ding rumzukloppen?* Da nahm ich mir noch einmal den Seilzug und hangelte mich von

unserem Laubengang hoch aufs Flachdach. Hatte mir die Schreibmaschine vor den Bauch gebunden, mit dem Brustgurt meines Wanderrucksacks. *Zukunft ist Lina*, tippte ich auf dem Dach und malte mit dem Finger Herzen aufs Papier und in die Sterne. Dass wir gehen mussten, stand ganz außer Frage.

In unsere heimlichen Vorbereitungen hinein: Vaters Beförderung. Es gibt vielleicht keine größere Enttäuschung. Man hat einen Plan, man hat sich eine Beklemmung so lange mühsam vom Körper gehalten, aber sie hat doch zugepackt, man glaubt zu lieben, man sagt mit siebzehn: *Ich kann hier nicht mehr weiterleben*, alles soll Konsequenzen haben – und genau an diesem Punkt stellte sich mein Vater hin und nahm den Schritt vorweg.

Schlimmer noch, er nahm ihn vorweg und zog mich hinterher, als hätte ich niemals eigenständig gedacht. Ich war wieder der Sohn. Einer, der zu nicken hatte. Einer, der abhing vom Stammbaum. Die Entscheidung wurde von fremden Leuten getroffen. *Sie bieten Vater eine Verbesserung an. Wir drei raus an die Elbe*, sagte Mutter, *raus aufs Land*. Weinen oder Lachen. Es war doch genau, was ich wollte. *In dem Dorf wohnen hundertzwanzig Leute, Zonenrandgebiet.* Drei Monate vorher war in Russland radioaktives Jod und Cäsium in die Luft gegangen und durchs Land diese panische Angst. Tschernobyl war das Schlüsselwort geworden, auch ich hatte verschiedene Träume vom Strahlentod anzubieten. *Tschernobyl hier, Tschernobyl da, Tschernobyl überall*, sagte mein Vater und imitierte dabei das weiche *r* der russischen Aussiedler aus unserer Nachbarschaft. Ich sah ihn plötzlich wieder vor mir, über Katja Neumann. Und er redete weiter, wie aus dem Off zum eigentlichen Bild: *Du musst dir schon genau überlegen, was jetzt ist mit der Schule. Schulbus gibt es da, aber du weißt ja, deine Mutter und ich denken, dass du dir lieber was suchst. Du kannst dich nicht ewig so durchwurschteln. Für uns ist die Frage, ob du auch so was wie ne Chance damit verbindest, ob du da was siehst.* Frage. Frage. Frage. Ich lief in mein Zimmer, sah Katja strampeln, seine Hände, die ihre Handgelenke ins Bett drückten. Das Harte und das Weiche, dachte ich. Aber so ging es nicht. Ich musste sprechen. Ich hatte unseren Auszug verpasst, zu spät davon geredet. Oder ihn nicht früh genug geplant.

Ich ging zurück in die Küche, es musste eine halbe Stunde vergangen sein. Vater sagte: *Nur dass du weißt, dass wir auf jeden Fall gehen.* Ich hatte noch nie diese Wärme in seiner Stimme wahrgenommen. Die beiden sahen sich an, als hätten sie sich gerade kennen gelernt. Es war eine unmögliche Situation. Erst jetzt fiel mir auf, dass sie so auch noch nie am Tisch gesessen hatten, sie saßen sich gegenüber. Sonst immer nebeneinander, ich auf der Holzbank. Mutter lächelte.

Sag ihnen, erst mal für ein Jahr, oder ein halbes, halbes ist noch besser, meinte Nico. Jetzt ging es darum, Linas Eltern zu überzeugen. Ich übte vor dem Spiegel den überzeugten Blick, ich musste klar und wach sein, von einer Berufung durchdrungen. *Ich fühle mich verpflichtet, Ihre Tochter mitzunehmen, denn aus ihr wird eine Sportlerin. Ich weiß es, sie wird Erfolg haben, sie wird Geld verdienen.* Nico lachte. *Propheten dürfen heute ruhig lockerer rüberkommen*, sagte er. Es klang nach Regieanweisung. Würde das ein Schauspiel werden? Lina musste mit. Das war die Grundbedingung. Sie wollte weg. Sie hatte es zuerst gesagt. Das war mein Glück. Auch wenn

sie hinterhergeschoben hatte, dass wir einen ganz eigenen Fluss bräuchten.
Lina selbst war nicht dabei, ihre Mutter war arbeiten, und ihr Vater schien den Ernst der Lage gar nicht zu begreifen. Ich wollte ihm die Tochter entführen, und er holte zwei Schnapsgläser aus der Vitrine. *Nu erzähl ma, Jung, was issas denn mit euch beiden?* Doch, er verstand den Ernst der Lage. Ich durfte jetzt kein Kumpel sein. Und dann hielt ich meinen Vortrag, legte das Gutachten vom Arzt vor, Vergleichswerte von Spitzensportlerinnen in Linas Alter, Fotos aus Illustrierten von Sportlerehepaaren, die sich selbst trainierten, zog zum Schluss eine Art Empfehlungsschreiben vom Trainer der Leichtathletik-Gemeinschaft heraus. Linas Vater schien sich über mich und meine Dokumente zu amüsieren, aber als er seine Lesebrille holte, die ich ihn nie tragen sah, verwandelte sich das Lachen in eine Freude. Er schaute auf die vor ihm ausgebreiteten Sachen. *Du musst wissen Jung, ich war ein großer Athlet, inne Fünfziger, und Sportlehrer auch mal, ich weiß, wovon du redst.* Unfassbar. Lina hatte nie davon erzählt. Ich erinnerte mich an das Rennen, wo er plötzlich in der Zuschauermenge aufgetaucht war …
Dann gab er die Erlaubnis, Lina für ein ganzes Schuljahr mitzunehmen an die Elbe. Es war der unglaublichste Moment meines Lebens. Weil alles immer verhütet wurde, bekämpft, abgelehnt, für unnötig befunden. Linas Vater sprach im Hintergrund meines wahr gewordenen Traumes weiter: Wie früh er angefangen habe mit den Disziplinen, er sei ein Allrounder gewesen: *Und Jung, ich bin kein Troddel, du siehst mir fast ein wenig zu motiviert aus, wenn ich mitkrich, dass ihr da mit Anabolika rummacht, mal klarer, wenn Lina auch nur ein Tropfen von was einnimmt, was sie lieber nich, du weiss schon, dann bisdu dran. Issas klar?* War klar. Er steigerte sich in seine

Rede so weit hinein, dass sich seine Stimme überschlug. Wieder schenkte er Obstler nach. Später, im Treppenhaus, wurde mir sofort übel. Unten kotzte ich hinter den Mülltonnen ins Hagebuttenbeet.

Verrat kann man nur als Dritter begehen. Ich habe meinen Vater nie verraten. Katja hat mich gesehen. Das war alles, was ich dazu beigetragen habe. Sie wusste um mich, da draußen hing ich an meinem seltsamen Seilzug vor ihrem Balkon mit dem Fotoapparat, sie lag ja unten, konnte den ganzen Raum und das Fenster sehen, die Balkontür. Und ich konnte Katja unmöglich sagen, dass sie es besser für sich behalten solle. Sie sagte es Nico in der *Ewigen Lampe*, in wenigen, aber unverkennbar wahren Worten.
Immerhin konnte ich Lina bis heute da raushalten.

Sie müssen schon ihren Mann davon überzeugen, dass es Wahnsinn ist und Unsinn und Schwachsinn, sagte ich zu Linas Mutter. Es war die Zeit ihrer hysterischen Anrufe bei uns zu Hause. Meistens war meine Mutter am Telefon und versuchte, das Unheil abzufedern. *Keine Mutter lässt sich die einzige Tochter einfach für ein Jahr wegnehmen*, sagte sie. *Und schon gar nicht, wenn der Mann das im Suff entscheidet.* In dieser Rechnung kam ich gar nicht vor, was mehr als nur ungerecht war, ich hatte mir solche Mühe gegeben. Bald nahm ich den Telefonhörer nur noch stumm ab, meldete mich nicht, und wenn es dann Linas Mutter war, reichte ich den Hörer schnell an meine Mutter weiter. Nebenbei packten wir alle die Koffer. Ein russisches Ehepaar kam mit dem Vermieter, der unseren Block verwaltete, und bekam den

Zuschlag für unsere Wohnung. Linas Mutter kreischte und keifte zu viel, als dass sich die beiden Damen hätten anfreunden können, und einmal sagte meine Mutter zu mir: *Ich glaub, die säuft fast noch mehr.*

Den Umzug übernahm eine Spedition, Nico half Lina und mir mit den wenigen privaten Sachen. Als alles abgestellt war, fuhr er uns in seinem weißen Citroën durch die Nachbardörfer. Viele Türen und Fenster waren verrammelt, Häuser, dagelassen für eine andere Welt, unbewohnt, ausrangiert wie die Straßen. Es war die Ostgrenze und hatte was von Wildwest, nur, dass eine Grauschicht über dem Braun lag, Staub über dem Sand. So hatte ich mir eigentlich die andere Seite des Flusses vorgestellt.
Lina sah mich dunkel an, sie konnte drei Falten über die volle Länge ihrer Stirn ziehen. *Zerfällt das alles eines Tages richtig in ein Nichts?*, fragte sie so laut, dass Nico es vorne hören sollte. Jeder Ort war in denselben Stoff gewickelt, in dieselbe tote Hose. Ein Hund riss bellend an seiner Kette. Vor einem Hof ein früher Laubwirbel, Ahorn. Viel zu hohe Bordsteinkanten, auf denen vereinzelt alte Frauen standen wie ausgestopft. Sahen sie uns überhaupt? Nico wurde sehr einfühlsam: *Wir hätten so eine Tour vorher machen sollen, was?* Er hatte im Rückspiegel mitbekommen, wie sich mein Gesicht langsam denen der alten Frauen angenähert hatte.
Lina wollte unbedingt über die Elbe schauen, wir fuhren an den Deich und sahen drüben gleich einen Trabant mit zwei Männern. Ein Bauer wurde beim Melken beaufsichtigt. *Guckt euch das hohe Gras auf der Deichböschung da drüben an*, lachte Nico, *die brauchen nochn Passierschein fürs Rasenmähen.*

Wir hatten durch die Dachschräge Blick auf Grünland, und zwei Kilometer hinter unserem Haus lag die Elbe. Als wir das erste Mal an den Fluss liefen, war er gesäumt von den weißen Hinterhälsen der Kraniche. Anfang September. Durchflugzeit ins südliche Europa.
Am Haus war nur noch wenig zu tun. Neu verputzen, malern, Dachbalken abschrubben. Eine undichte Stelle deckten wir neu, kurz bevor der erste Regen kam. Aber das alles war Kleinkram, ich dachte weiterhin, dass Vater wirklich einen mächtigen Kredit aufgenommen haben musste, um ein solches Haus zu bezahlen.
In den ersten Tagen hatten Lina und ich beidseitig das Vergnügen, den anderen rasend zu machen mit abgesprochenen und dann nicht ausgeführten Tätigkeiten. Als wollten wir das Ankommen aufschieben, nicht so schnell heimisch werden. Einen Brief sollte ich für sie einwerfen, an Grit, und hatte ihn eine Woche lang in der Tasche. Auf die Fettwerte der Milchprodukte sollte sie beim Einkaufen achten und tat es nicht.
Mich amüsierte es, unvermittelt bei Lina einzutreten, um meine über die Tage in ihrem Zimmer verstreuten Kassetten, Bücher und Schuhe hastig aufzuklauben und ohne Kommentar wieder zu verschwinden. Solange ich dabei eine Hand frei hatte, hielt ich Lina in Schach mit einer Pistole aus Daumen und Zeigefinger. Sie legte sich die Hand vor den Mund und lachte, aber ich konnte eigentlich nicht immer erkennen, ob es wirklich ein Lachen war.

Es war ein so herrschaftliches Haus. Mit insgesamt drei Toiletten. Das Parterre war ein einziger, unverwinkelter Wohnbereich, der allein schon fast doppelt so groß wie unsere

Wohnung im kalten Moor war. Es gab ein Panoramafenster, das in die Westseite des Hauses eingelassen war wie eine große Leinwand, auf der ein Jahr lang immer derselbe Film lief. Dachkante, Ginsterbusch, Holunder, im Hintergrund Maschendraht, unten die Steinplatten. Manchmal wuselte meine Mutter in dem Film mit, vornübergebeugt, mit Abwaschhandschuhen und einem Unkrauteimer.

Das Erdgeschoss war fast immer von Licht durchflutet, denn die Veranda zeigte nach Süden und war fast völlig verglast. Man zog eine riesige Schiebetür auf und war glücklich. Vor allem, seitdem meine Mutter davon abgelassen hatte, den Garten in den Griff kriegen zu wollen. Der entscheidende Einschnitt war passiert, als Vater ihr einen Hochdruckreiniger mitgebracht hatte, mit dem sie das Moos zwischen den Steinplatten hervorspritzen wollte. Vater hatte vorhergesagt, dass es nicht gelingen würde, und es gelang nicht. Ein innerlicher Sieg auch für mich, weil jetzt endlich ein wenig *wilderness* einkehrte.

Trotzdem war Mutter weiterhin ständig im Garten zugange.

Abends spielte ich Fußball im ansässigen Verein, aber ich lernte dabei nur die Landschaft besser kennen. Das Training fand auf einem Gelände statt, das *Grund* genannt wurde. Nicht, weil die Engländer sowieso zu allem *football ground* sagen, sondern weil der Platz wirklich in einer tiefen Senke lag, wo sich zu jeder Jahreszeit Nebel und Feuchtigkeit verfingen. Der Grund, das waren drei Fußballplätze, die in der Breite hintereinander lagen. An alle Spielfeldseiten grenzte Wald.

Wenn ich abends mit dem Rad auf der Straße ankam und in die abschüssige Einfahrt einbog, bremste ich ab, stieg vom

Sattel und sah begeistert auf dieses Stück Land. Die sechs Flutlichter waren bereits angeschaltet und der knallgrüne Rasen von Nässe überzogen, die ihn in der Ferne versilberte. Das Ganze war ein Lichtdom oder Tempel, so dachte ich anfangs, aber der Eindruck täuschte. Während meiner ersten und einzigen Saison wurde aus dem grünen Rasen ein braunes Erdloch, denn wir versammelten uns noch, wenn es den ganzen Tag geregnet hatte, um den Boden mit unseren Fußballstiefeln umzupflügen. Durch knöcheltiefen Schlamm staksten wir in Herbst und Winter, Pfützen wurden zu Teichen, der Boden immer unebener. Man hätte eigentlich gleich in der Elbe spielen können.

Die Nässe war ein solches Glück, auf dem Rücken vermengten sich Schweiß und Regen, unser Atem hing in der Abendluft. Manchmal dachte ich, wir hätten den Nebel um uns herum gemeinsam produziert. Wenn ich oben stand und auf das Gelände hinabsah, war ich geblendet von dem Licht, das in die Grube fiel. Und die Ausmaße, die Möglichkeiten der Laufwege, das alles war sehr erhaben. Unten aber verengte sich der Blick, da griff die Nässe direkt auf den Körper zu, unten waren die Flutlichter vergessen, und das Versumpfen begann.

Laufen an der Elbe, da fallen mir die Wolkentürme ein, weiß und grau gestapelte und ineinander geschichtete Wolken. Längen, Breiten, Tiefen, unsere Augen waren von den Landschaftsgemälden ganz überfordert. Auch, dass es möglich war, die Sonne Kilometer entfernt scheinen zu sehen, wenn wir selbst im Schatten standen.

Ich vergesse den Sommer nicht, aber der Herbst kam schnell. Um halb acht saßen wir bei elektrischem Licht

und frühstückten, um zehn war es kaum heller geworden. Nachts musste es geregnet haben. Die Elbuferstraße war zu stark befahren, der Deich zu windig, also liefen wir kreuz und quer die Marsch ab, die Straßen: finsterer Teer ohne Mittelstreifen. Mindestens ein Bein zogen wir auf den gemähten Vorgraben, wenn Autos vorbeirauschten. Das Geräusch ihrer Reifen auf der nassen Straße. Die Sprühspur dahinter, die in unsere Hosen zog. Rotes Bremslicht als kurzer Abschiedsgruß, bevor die Autos hinter der nächsten Kurve verschwanden.
Auf unserer Hausstrecke lagen drei Alleen, auf die ich mich jedes Mal freute. Schon wenn wir hineinbogen, gaben sie rauschenden Applaus. Wir liefen nebeneinander. An den hölzernen Strommasten vor einzelnen Gehöften waren vereinzelt Laternen befestigt, hoch angeschraubt. Meistens brannten sie und beleuchteten die Pfützen vor der Einfahrt. Es konnte jede Tageszeit sein. Grün war es nur unmittelbar neben den Füßen, über dem Fluss hingegen war es diesig, wann immer wir herankamen. Die Bäume am anderen Ufer ohne Profil, zusammengewachsen zu einer grauen Silhouette. Wie ein doppelter Schutz Richtung Osten. Der Fluss und dahinter diese Masse, zu der Lina einmal gesagt hat: *Wie Gebirge.*
Die kühlen, aber trockenen Tage verbrachten wir fast ausschließlich am Fluss, saßen und schauten hinaus, machten zwischendurch Alibigymnastik. Vater schimpfte, was die sozialistischen Länder der Elbe bis hier mit auf den Weg gäben. Phosphate, Nitrate, alle möglichen Sorten Metall.

Im Winter fror die Elbe zu, es hatte warme Weihnachten gegeben, und in einer Nacht Mitte Januar stieg das Wasser stündlich um zwanzig Zentimeter. Nur, dass die Temperatur da schon unter Minus zwanzig Grad gesunken war. Ich dachte für einen Augenblick an das Überlaufbecken im kalten Moor, dort sammelten sich die Gewässer aus dem Osten der Stadt, im Winter war das unsere Schlittschuhfläche. Wir durften immer nur am Rand laufen, weil in der Mitte die Großen Eishockey spielten.

Jetzt erwischte es also auch die Elbe. Lina und ich hatten alles angezogen, was wir übereinander tragen konnten. Wir stapften los, zwei Mondmenschen in Thermojacken. Die Brustkörbe von all den Kleiderschichten wie zusammengeschnürt, der ganze Oberkörper bewegungslos, auf dem Kopf Mützen mit einer runden Öffnung, die genau für Augen, Nase und Mund reichte.

Erkältungen konnten wir uns in diesem entscheidenden halben Jahr nicht leisten. Da war mein Atem, der in der eisigen Luft stand, ansonsten fühlte es sich an, als würde ich erst ab der Hüfte abwärts leben. Ich hatte das kleine Küchenradio mitgenommen, es noch unter die Jacke geschoben, den Reißverschluss drübergezwängt. Wir schlitterten über die vereiste Stichstraße an den Fluss, ich konnte das Radio durch die Jacke hindurch einschalten und hörte gedämpft etwas von Eisschollen, die sich in die Deichböschungen frästen. Ein Experte sagte in einem verrauschten Telefoninterview, alle seien sich einig gewesen über das Hochwasser des Jahrhunderts 1981, und nun sei der Hochwasserpegel erneut um einen Dezimeter überschritten worden. Etwas war jetzt anders geworden mit der Elbe. Lina und ich standen einen eiskalten Tag lang da, beugten uns über das Wasser, aber die Eisbildung erleben, das konnten wir nicht. Warum nur fehlte uns diese Wahrnehmung für das Allmähliche, dachte ich und sagte: *Du schaust hin und hin und hin, aber wenn du die Ursachen nicht kennst, kannst du nur die Wirkung sehen, und das ist zu wenig, die Wirkung ist immer irgendwie schrittweise.* Lina antwortete nicht darauf, sie spürte wohl, dass es als Monolog gedacht war.

Als dürften wir nur nachträgliche Zeugen sein, war das Eis über Nacht zu einer Fläche zusammengewachsen. Im Flussbett lag ein kranker Patient, dachte ich, dessen Zustand sich über Nacht verschlimmert hatte. Lina und ich kosteten die Besuchszeit voll aus. Im Radio hieß es, weiter stromaufwärts, Richtung Süderelbe, habe sich ein Eispfropfen gebildet, sechshundert Meter lang und siebzig Meter breit, eine Barriere, an der das Wasser auflaufe und sich staue. Am Mittag wurde für diese Region Katastrophenalarm ausgelöst. Pioniere der Bundeswehr versuchten, den Eispfropfen mit TNT zu sprengen. Während ich das Radio direkt ans Ohr hielt, legte ich das andere Ohr aufs Eis, um die Geräusche der Sprengungen einzufangen. Setzte sich die Druckwelle unter dem Eis bis zu uns fort? Es war nichts zu hören, wahrscheinlich schluckte die dicke Wolle meiner Bankräubermütze zu viel, also zog ich sie hoch und presste das Ohr gegen die Eisdecke. Im Radio wurden wieder Pegelstände verlesen. Als ich aufstehen wollte, war mein Ohr festgefroren. Lina hüpfte um mich herum und fing an zu lachen. Ich versuchte, alle Aufmerksamkeit von dem Ohr abzuziehen, wollte mich selbst befreien, ohne Schmerz zu spüren. Aber das Eis war kein Pflaster, das man einfach so abzog. Dann setzten die Detonationen ein, hundert Kilometer oder weiter entfernt. Niemand außer mir kann die Sprengung hören, dachte ich. Alle Aufmerksamkeit war ins Ohr gewandert. Alle Angst auch. Lina kam mit einem Taschenmesser, schnitt vorsichtig durch das Eis, befreite mich mühelos. Ich hatte Schmerzen am Ohr, den ganzen Abend noch, es war nicht ganz klar, ob die Schmerzen innerlich oder äußerlich waren. Fühlte sich an wie auf der Grenze.

Nach einer Woche setzten sie Eisbrecher ein und brachen das Kerneis, das bis zu einem Meter dick geworden war. Ich hörte in diesen Tagen fast durchgängig Radio. Ganz nebenbei wurde ich volljährig, wir feierten es nicht. Noch bevor das Eis zum Abtreiben gebracht wurde, lobte man im Rundfunk die Zusammenarbeit der westdeutschen und ostdeutschen Eisbrecher. Die westlichen Schiffe hießen *Widder, Wisent, Bison, Stier*, die östlichen *Tümmler, Wolf* und *Bär*. Die Vereinigung auf dem Fluss, ein Karneval der Tiere. Wo, wenn nicht auf der Elbe, sollte es auch passieren.
Dabei ist mir der andere Staat nichts als eine Fiktion, ich weiß nichts über den Osten, nichts hatten unsere Schulbücher übrig für die Republik der Arbeiter und Bauern außer zwei bis drei simplifizierten Schaubildern mit Basis und Überbau.
Wir durften nicht mehr aufs Eis hinaus, zwischen dem sinkenden Wasserpegel und der Eisdecke hatten sich Hohlräume gebildet.

▪▪▪

Ich lasse ihn schreiben und füge die Nacht ein, sehe ihn schlafen auf dem Sofa: Warum sind sie nicht gependelt, wie konnten die Eltern das zulassen, auch meine Mutter, dass sie wegen Joggen die Schule schmeißen und nur noch in diesem Dorf abhängen. Ich hab ihn auch aufgezogen damals, mit Zitaten aus *seinem* Buch, als wir aus dem Auto die Gegend sahen, da wird Huck Finn ja einmal gefragt, ob sein Jim ein entlaufener Negersklave sei, und Huck antwortet: *»Würde er dann nach* Süden *laufen??«*, das war ja schön zu übertragen auf meinen *runaway brother: Eine Flucht? Wärst du dann nach Osten gelaufen??* Er lachte nicht. Lacht heute noch nicht, weil er darauf konzentriert ist, sich abzugrenzen von den Grenzdörflern. *Nicht alle gleich schlimm*, sagt er, *aber die meisten verleiben sich Leben von dem Zeitpunkt, wo ihr Jägerzaun komplett ums Haus gezogen ist, nur noch ein, die sind ohne Output und bleiben es, und wollen es bleiben. Eine endlose Reihe von Kursen in Bauernschläue, wie erfahre ich die Belange des Dorfes, wie gelingt es mir, den Gesprächspartner davon zu überzeugen, dass es mir, gerade mir, um Personen nicht zu tun ist, dieses vorgetäuschte Desinteresse, um dann blitzschnell nach den Infos zu schnappen, tja, tut mir Leid, das war anfängerhaft ausgespielt, da musste ich stechen. Grienende Typen und Weiber, die sich immer nur unterschätzt wissen wollen, scheinheilig nickend, die Unterlippe nach vorne geschoben, die Backen aufgeplustert zu Anteilnahme. Alles falsch daran*, sagt mein Bruder, *bis in die angebliche Reinrassigkeit des Wachhundes hinein falsch, übrig geblieben an der Elbe, in diesem Zonenrandgebiet, sind sowieso nur die immer schon Perspektivlosen, die keiner mehr abholt ... Da hinein also fiel die Geschichte, die keine Geschichte war*, erzählt er weiter, *sondern die Geburt eines Kindes, dabei war Juliette im Februar nur als Au-pair-Mädchen angekommen, wer hatte ihr also erlaubt, Mutter zu werden? Das schwang sich dann auf bis in die höchste Skandalklasse, in der das Dorf nur Existenzielles verhandelt, eigentlich nur den Tod. Mitten hinein in eine Phase der himmlischen Ruhe: Sie is schwanga ... Begann mit einer nicht so* *ausgeklügelten, weil kollektiven Form der Staunerei, die sofort Suche war, denn da gehörn ja immer man twej to. Da zuckte man in unserem Dorf allseits die schmalen Schultern der Häuslichkeit oder die breiten Schultern der Landwirtschaft, denn was Juliettes Gastfamilie dazu sagte, ging so ziemlich gegen null.* Mein Bruder trinkt, setzt fort: Er selbst musste sich am Zeitungs- und Getränkekiosk, einer freigeräumten Autogarage, erste Spekulationen über abendliche Spaziergänge Juliettes anhören, und wenn sich unter lauter weich geklopften, durchlässigen Schädeldächern etwas erhärten könne, sagt er, dann die Spekulation. Sechs Monate vor dem Kinde auf der Welt spruchreif. *In* Schmiddis Dorfkrug, *Nico, wo sonst, machen sich zahlreiche Männer verdächtig, indem sie sich von der kleinen Französin loszusagen versuchen, sie als verwöhntes, schlecht erzogenes, bald auch nuttiges Stück bezeichnen, und kein Mensch kriegt das Maul wirklich auf, alles hört sich wechselseitig wochenlang das Genöle zwischen Theke und Spielomat an, den feuchtdreckigen Abgesang auf eine, die sowieso allein steht, ein Au-pair-Mädchen, die wird schön nach Hause fahrn, sagen sie alle. Aber nix da, gerade das tut sie nicht und wird runder, runder,* erzählt mein Bruder. Er selbst habe sein Fett genauso abgekriegt: *Eines Abends serviert mir der Wirt ohne Aufforderung Leberkäse mit Spiegelei und wälzt den Namen der Mahlzeit in die Runde wie einen Felsblock: Strammer Max für dich. Dass du dich schon mal an den Kleinen gewöhnst. Lachsalven um mich herum, und der Wirt legt noch mal nach: frisch aus der Gerüchteküche, ein neues Johlen setzt ein, die lachen Tränen, nicht über die Witze, über die eigene Unsicherheit, nicht mehr zu wissen, wer dieses Kind da gemacht hat, und weil es unerträglich ist, nicht zu wissen, weil hier nie nie nie verschwiegen werden kann, nicht in diesem Dorf. Deshalb dieses Lachen, das keine Befreiung bringt, sie lachen Tränen über einen, der mit seiner Freundin tagsüber durch die Lande läuft wie, ja wie ein Blöder halt, lachen noch, als ich ihnen die Theke mit dem Unterarm abgeräumt habe … Diese ausnahmslos verkrüppelten Machos zwischen achtzehn und sechzig, für die Frankreich nicht einmal mehr der Kriegsgegner ist, die nur neidisch rätseln, wem sich die süße Kleine hingegeben hat auf Französisch. Womöglich ist Juliette noch auf die eigenen Kosten dabei gekommen, nicht auf zugigem Dachboden zwischen Taubenschiss und Kettenöl, sondern im Heuschober, weich und haarig, tief und von hinten, hat Vorbereitungen getroffen, mit Tischdeckchen und durchlöchertem Kondom … Was sie alles aus ihrer Unbefriedigtheit machen, Nico! Du kannst es dir nicht … Ich erlebe keinen Menschenschlag, ich erlebe da draußen den Menschen.* Und fährt fort: *Juliette pflegte derweil Tobias, das ihr zugeteilte Kind, als wäre es ihr eigenes erstes, größeres, und überließ die Gerüchteküche sich selbst, bis im ganzen Dorf nur noch einer nicht gebührend ausgesagt hatte vor dem täglichen Volkstribunal. Der musste es sein, und unsere liebe Mutter*, so erzählt er es, und ich fasse zusammen, *saß und strickte und legte das Strickzeug nicht weg, als ihr Mann einen Monolog hielt, so richtig als Ehemann einmal, mit allem, was ihm vorher abging*, sagt mein Bruder, der dabei hinter der angelehnten Tür lauschte und sah, wie sein Vater mit langen, ausgreifenden Schritten und nach vorn gestreckten Armen mit gespreizten Fingern in der Luft rummachte. *Er betonte dabei immer wieder den Namen des Schwängerers, der noch nicht einmal gesichert war, ge–ra–de–eeer, hättse das gedacht, du, dass deer die Kleine … Gemeint: ein Bauernsohn vom anderen Ende der Dorfstraße.* Wie ein bereitgestellter Kriminalist mein Bruder hinter der Tür, aber dann sei es plötzlich vorbei gewesen, sein Vater ruhig geworden, sei doch nicht *sein* Leben, nicht *sein* Kind, auch nicht *sein* Dorf, wirklich nicht: *Soll sich der Anwalt doch mit rumschlagen oder die Kleine abschieben, äääh wegschicken. Mutter sagte kein Wort, strickte, aber nachher zu mir, dass ich mich vielleicht ein bisschen fernhalten solle von der Französin, solange nicht klar sei, wer da … Was war denn das für eine unglaubliche Schlussfolgerung aus dem Gespräch, Nico, Nico, ich hab dich vermisst*, sagt mein Bruder verzweifelt, alle zehn Fingerspitzen, die er sich eben noch an die Stirn gesetzt hat, streckt er nach mir aus, umarmt mich und kehrt zurück in die Gegenwart meiner Wohnung, indem er sich zur Seite rollt, aufstützt, auf die Knie kommt, um sich in der Klotür zu übergeben, in weitem Schwall zwar, dessen Bogen aber nicht ganz bis ins Waschbecken hinreicht, sondern darunter aufschlägt, es läuft die Schüssel entlang und tropft. Er ist am Ende für diesen Abend und kommt raus bei dem dritten Raum des Hauses: *Der Raum für alles und nichts, zehn Quadratmeter zwischen Linas Zimmer und meinem, für Gäste, die nie kamen. Im Februar ist das der Fitnessraum geworden, mit Laufband und einem dieser Hometrainer, die nach dem ersten Ansturm aus Amerika in einer neuen Schwemme viel billiger zurück auf den Markt kamen. Ich hab das Ding besorgt*, sagt er und lässt sich auf den Rücken fallen, will die Beine in die Senkrechte bringen, um in der Luft Fahrrad zu fahren, muss sich wieder übergeben, auf sein Hemd, *Was hat da ausgesetzt*, wimmert er noch und kippt weg, würde noch in seiner Kotze schlafen. Ich lege ihn hoch auf das Sofa …

4

Überdurchschnittliche Werte, hatte es der Arzt genannt, er bestätigte damit ja nur, was ich über Linas Lunge wusste. Ich kann aber nicht mehr erkennen, wann wir dazu übergingen, es eine *Karriere* zu nennen, woran wir bastelten. Es begannen meine nächtlichen Aufräumarbeiten in der Gärtnerei, die Lina als Hilfestellung zu schätzen wusste. Sie lief mir im Jogginganzug entgegen und streichelte mir über den Kopf, wenn ich um sieben Uhr morgens nach Hause kam. Im Grunde spritzte ich den Torf aus den Fugen der Gewächshäuser, damit wir uns exklusiver ernähren konnten als meine Eltern. Wenn ich erwachte, war sofort das Gefühl da, verantwortlich zu sein für den Tag, der uns ja, abgesehen von ausreichender Helligkeit, alles zur Verfügung stellte, was wir benötigten: planierte Wegstrecken, Turnschuhe, Linas zuverlässigen Puls.

Ich stoppte ihre Streckenzeiten in der Geest, in den Göhrdewäldern und konnte dabei nicht am Rande des Weges stehen bleiben. Wenn sie aus der Kurve kam und auf mich zu, zog es mich in die Mitte des Waldweges. Ich gab ihr die Möglichkeit, in meine Arme zu fallen, mich umzureißen und den Sport zu vergessen. Aber sie trug keine kurze Hose, kein ärmelloses Hemd. Sie trug nichts, was man sich schnell vom Leib reißen konnte. Die Jahreszeit war die Welt, und die Welt ließ es nicht zu. Immer zog sie durch, an mir vorbei, den Oberkörper dabei oft noch hässlich nach vorn gebeugt, als ginge es um einen Zielfotoeinlauf.

Im kalten Moor war das Liebemachen undenkbar gewesen. Und nun, da wir draußen waren und über meinen Eltern lebten, von ihnen abgetrennt? Vormittags war es denkbar, aber auch nur, wenn ich nach dem Arbeiten und Laufen zuerst duschte, dann Lina hinterher. Neun Uhr morgens. Wenn ich sie mit dem Frotteehandtuch in Empfang nahm und beim Abrubbeln unmerklich in Richtung ihres Bettes stupste. Wo sie sich verweigerte und ich einschlief. Von wegen *unmerklich*. Hätte ich doch das Frigide aus Lina herauskitzeln können ... Und dann dieses *denkbar*, Himmel, denkbar war es natürlich immer, das Liebemachen, und wurde auch ständig gedacht.

Einmal stellte ich Linas Mutter, die immer noch regelmäßig anrief, den Job in der Gärtnerei als meine Zukunft vor. Das war immerhin handfester, als ihr unsere Trainingswoche zu schildern. Ich war im Winter ziemlich stolz auf mich, das alles fast ohne Schlaf zu schaffen: tagsüber Lina und mich, nachmittags den Aushilfsjob, nachts die Reinigungen in der Gärtnerei.

Dort wurde immer wieder betont, dass ich den Job nur behalten könne, bis sich der nächste Lehrling melde. Es war daran in durchschaubarer Rhetorik die Frage gekoppelt, ob nicht ich selbst Auszubildender werden wolle. Ich stellte mich so dumm, wie ich nur konnte: *Ja, ist zu überlegen, schon wegen der Sicherheit.* Ein einziges Geschmiere mit Worten, denn wer von uns wusste nicht, dass es um nichts anderes als Geld ging, dass man als Aushilfe Stundenlohn bekam und als Lehrling Monatslohn, den in kleinere Einheiten umzurechnen eine einzige Schmach war. Gerne machte ich für meine Überbezahlung hier auch die Drecksarbeit, ließ mich in alles einarbeiten, was mit Dünger zu tun hatte. Ließ mich auslachen von den drei Floristinnen, die vorne Sträuße banden und den Verkauf machten. Drei von ihnen hatten gera-

de erst die Realschule abgeschlossen und waren vollkommen glücklich mit ihrem Leben. Hatten die Erwartungen erfüllt, jetzt schon. Sie waren ja noch jünger als ich, spürten aber so viel Bestimmung, dass sie mich unentwegt davon zu überzeugen suchten, auch ich müsse hier in der Gärtnerei doch *angekommen* sein. Im Büro des Chefs hing der sagenhaft dumme Spruch, dass man ihn nicht hetzen solle, denn: *Wir sind auf der Arbeit, nicht auf der Flucht.*
Mit den drei Floristinnen musste ich oft im Essensraum zusammensitzen und wurde so unruhig, dass ich mit den Fußspitzen wippte. Damit schüttelte ich auch den Muskelkater aus den Oberschenkeln. Ich wollte wieder laufen, aber ich konnte auch ihre Geschichten nicht ertragen. Dabei war eine von ihnen sagenhaft schön, aber man konnte sie ja nicht ständig nur ansehen. Alle drei hatten nur zwei Szenerien drauf, die sie ständig vor mir abspulten: Entweder sie wollten gerade ihre Typen verlassen, und zwar endgültig, oder sie planten die Verlobung. Dazwischen gab es nichts.

Juliette traf ich vor dem Krämerladen, ich saß vor dem Geschäft auf der weißen Holzbank und kratzte mit dem Finger die sowieso abblätternde Farbe ab. Sie war die einzige Kundin im Laden, es musste wohl so aussehen, als warte ich auf sie. Ich schleckte ein Eis, die Sonne stand im Zenit über dem Dorf, als Juliette mit vier vollen Plastiktüten herauskam. Sie ließ sich einfach neben mich auf die Bank fallen und stöhnte. Es sollte dem Gewicht der Tüten gelten, aber natürlich war es mehr. Ein nasales Stöhnen, in dem neben dem Leiden am Tütenschleppen schon wieder Lust auf einen nächsten Schritt im Leben lag. Vielleicht ging das nur auf Französisch.

Juliette machte keine Unterschiede zwischen uns allen, sie hätte sich neben jeden Dorfbewohner in der gleichen Art auf dieselbe Bank fallen lassen. Es war nicht provokativ gemeint, sie konnte gar nicht provokativ denken. Sie blinzelte mit mir in die Sonne.

Was kochst du heute?, fragte ich. *Eine Suppe*, sagte sie und fügte hinzu: *Aber ich koche nicht, ich kreiere. Es ist schließlich eine Suppe. – Was ist der Unterschied zu anderem Essen? – Die Schöpfkelle, glaube ich.* Juliette sprach das mit solchem Ernst aus, dass mir das Eis in meiner Hand darüber peinlich wurde. Ich ließ die Waffel sinken und stellte mir vor, wie sie die Suppe ins Esszimmer trug und der Familie mit der Schöpfkelle auftat. Sie trug ein weißes, wehendes Kleid dabei. *Lina kommt heute Abend*, sagte sie plötzlich. *Willst du auch zur Suppe kommen? – Ich glaub nicht, dass Lina kommt.* Genauso plötzlich war es aus mir herausgebrochen. *Natürlich kommt sie*, sagte Juliette, *sie bereitet die Suppe mit mir vor, wir haben uns verabredet. Warum soll sie nicht kommen? – Weil … weil … Sag mal, du krissdoch n Kind, wer ist eigentlich der Vater?*

Es konnte einen nur rasend machen. Meine Mutter hatte mich auf diesen Weg gebracht, sie hatte eine Frage in mir vorbereitet, dann entwickelte sich das Gespräch in eine andere Richtung, aber die Frage musste ich um jeden Preis stellen. Juliette stand auf, sie schaute mich erstmals an, wir hatten ja nur nebeneinander gesessen, sie hätte jeden Dorfbewohner auf die gleiche Art angeguckt, mit einer Wut, die sie um Jahre altern ließ. Eine solche Stirnfalte mit neunzehn. *Idiot*, war alles, was sie sagte, mit einem sehr kurzen *o*. Noch ihr Abgang war so überzeugend, kein Stapfen oder Stampfen eines beleidigten Kindes. Nur um die Ecke und weg. Wieder einer, der ihr Vertrauen verspielt hatte. Das Eis tropfte in meine Handfläche, von dort auf den Boden.

Und der Tagtraum, als ich alleine dasaß: Lina steht in der Küche der Nachbarn, schneidet Zwiebeln. Juliette sagt es, wie es ist: *Dein Freund ist auch so ein Idiot.* Ich stehe im Garten und versuche, durch das Fenster herauszubekommen, warum Lina weint.

Wenn man auf der Terrasse saß, waren die vergammelten sechzig Quadratmeter im kalten Moor gar nicht mehr zu glauben, und ich dachte immer noch, meine Eltern hätten sich finanziell schwer übernommen. Es kam jetzt heraus, dass mein Vater schon vorher kräftig gespart hatte, und sogar meine Mutter hatte von ihrem lächerlichen Gehalt im Supermarkt Geld zurückgelegt.

Aber ich hatte auch unterschätzt, wie sehr dieser äußere Umstand unseren Umzug befördert hatte: Die Proteste gegen das Lager für Atommüll waren in vollem Gange, man hatte gerade den Eindruck gewonnen, sich wirklich wehren zu können – da passierte der Reaktorunfall in Tschernobyl. Die Bürgerrechtsbewegungen riefen mit einem großen *Jetzt erst recht!* zum Kampf gegen die Stromkonzerne auf, aber es klang nun alles ein wenig besserwisserisch. Als wäre der Unfall nicht geschehen, wenn man nur auf die Wendländer gehört hätte.

Jeder kaschierte die Angst auf seine Art. Die Folge war aber, dass in diesem Jahr Häuser zum Verkauf standen. Viele wollten nach Holland, obwohl dort gerade die Tomaten in Verruf gerieten. Vater sagte nur, er habe telefoniert und sei irgendwann an jemanden geraten, der geradezu hysterisch gewesen sei. Er habe dann den Preis für das Haus immer weiter drücken können, Tschernobyl war ja schon im April, *Und der wollte nur noch weg.* Er sagte es sehr gelassen, aber ich hörte auch den hämischen Unterton. Als gäbe es in *seiner* Familie die Strahlenangst nicht.

Nur auf Linas Drängen hin bestellte mein Vater einen Menschen mit Geigerzähler, und der sagte, die Belastung unseres Gartens läge nicht einmal über den Richtwerten vor dem Unfall. Ich zweifelte keinen Moment daran, dass Vater ihm Geld für diesen Satz gegeben hatte. Als ich Lina meine Meinung sagte, weinte sie. Sie wollte meinen Vater zur Rede stellen, aber dann tat sie es nicht.

Pilze sammeln wurde uns verboten, wir sollten nur aus Importkonserven essen, ein paar Wochen lang schaute jeder tatsächlich unter die Dosen, um über das Verfallsdatum auf das Herstellungsdatum zurückzuschließen, was einem nur selten gelang. Immerhin ergaben sich zahlreiche Diskussionen. Ein Transporter mit Megafon fuhr durch die Dörfer und verteilte Aufklärungsmaterial. Die Leute schnappten danach, als sei es kein Papier, sondern eine herbeigesehnte Arznei. Besondere Beruhigungspillen. Das alles wurde im Herbst weniger und verging im Winter.

Dafür kam ein anderer Tag, ein langweiliger Regentag in der Gärtnerei. Ich pikierte Setzlinge. Es gab nichts anderes zu erleben als die Feuchtigkeit des Treibhauses, die den Nachmittag in die Länge zog. Kurz vor Feierabend hatte ich das Beet vor der Gärtnerei zu harken wie immer, und da war es klar geworden: Die Erde war voller frischer Schuhabdrücke. Ich drehte mich, Vaters rostroter Taunus stand auf dem Hof, dieser gigantische Wagen. Uraltes Modell natürlich, ich musste daran denken, wie viele Typen im Wohnviertel solche aufpolierten Riesenschiffe fuhren, um über ihr Elend hinwegzutäuschen. Wir hatten nie aufgehört, dazuzugehören.

Vater stand mit dem Rücken zu mir, er trug seinen Bundeswehranorak, auch ich hatte meinen wie immer übergezogen, wenn ich draußen zu tun hatte. Er starrte durch den Nieselregen hinaus auf die Felder im Osten der Gärtnerei und rauchte. Ich musste unwillkürlich an Filmszenen denken, er hätte sich umdrehen sollen, die Zigarette austreten und in den Qualm des letzten Zuges: *Komm Junge, ich hol dich hier raus!* sagen müssen. Mir fiel aber ein, wie sehr er sich über meinen Job gefreut hatte, um meine Karriere konnte es nicht gehen. *Setz dich in den Wagen*, sagte er stattdessen, das war nicht viel schlechter. Jims Haarball, unvergessen: Ich saß im Auto meines Vaters auf dem Beifahrersitz, nichts war gesprochen, und ich dachte an Jim, seinen Haarball und sein kategorisches Urteil, weil ich mir selbst keines machen wollte: *»Dey's two angels hoverin' roun' 'bout him. One uv 'em is white en shiny, en t'other one is black. De white one gits him to go right, a little while, den de black one sail in en bust it all up. A body can't tell, yit, which one gwyne to fetch him at de las'.«*
Wie wenig ich auf einmal der Geschichte beimaß, wie unaufmerksam ich wurde in dem Augenblick, den ich so lange herbeigesehnt hatte. Niemals hätte ich geglaubt, dass er das Thema von sich aus anschneiden würde. *Katja Neumann ist eine Schlampe*, begann er, und ich gab perplex zurück: *Katja Neumann ist vor uns weggezogen.*
Das konnte ja nicht alles gewesen sein. Doch.

Eine junge Frau mit französischem Akzent wolle sich gerne von mir persönlich bedienen lassen, hieß es ein paar Tage später in der Gärtnerei. Ich ging nach vorne ins Geschäft, wo Juliette wartete. Sie sagte, ihr Rechtsanwalt gebe ein

Abendessen für einen wichtigen Mandanten, sie solle Sträuße und Bouquets kaufen. *Ich kann das aber nicht binden*, sagte ich ihr. *Aber aussuchen können wir es doch zusammen, du bist doch jeden Tag von den Blumen umgeben*, meinte Juliette. Ich machte einen Diener, als wäre es mir eine große Ehre. Die Blumen suchte Juliette dann aber fast komplett alleine aus. Wenn ich einen Vorschlag machte, legte sie den Kopf ein wenig zurück und bewegte ihn leicht hin und her. *Entweder*, sagte sie, *wir gehen auf die Farbe, also alles in der gleichen Farbe, oder wir nehmen eine Blumenart und dann verschiedene Farben.* Sie entschied sich für die zweite Variante und ließ verschiedene Tulpensträuße binden. An der Kasse bat ich sie, mir gleich morgen zu erzählen, wie das Essen gelaufen sei.

Ich komme noch einmal zurück auf Nico, im achten Stock. Vier Monate nach unserem Umzug kehrte ich mit Vater zurück ins Wohnviertel, es sollte ein Besuch sein. Ich saß am ungeputzten Küchenfenster. Unser belangloses Einverständnis über die Herbstluft. *Man braucht sie so dringend*, sagte Nico, *nach den stickigen Sommern. – Uns tut sie auch gut beim Laufen*, sagte ich. Zwischen dem Schnickschnack auf der Fensterbank stand ein digitales Außenthermometer, das exakt mein Geburtsdatum anzeigte. Es war wirklich kalt geworden.

Mein Vater saß in der Ecke. Draußen schwankten die armseligen Kiefernstämme, sie knarrten auch leicht. *Man sollte sie durch Stahlsäulen ersetzen, durch ein modernes Kunstwerk, das den über die Jahre gealterten Blick aufnimmt und weiterführt.* Nico hatte das gesagt, kurz bevor er selbst aufgehört hatte zu malen.

Du würdest es gern Männerrunde *nennen, nicht wahr?*, fragte Vater und gab danach präzise Vorstellungen davon an uns aus, worüber er nicht zu reden gewillt sei. Was ich mit Lina mache, sei für ihn unmenschlich. Warum ließ sich das nicht im Dorf zu mir sagen? Nico stimmte zu, schon waren wir mitten im Verhör. Es fehlte nur noch so was wie ein Referatspapier. Und als die beiden einen Blick austauschten, bekam ich eine Gänsehaut: Die Decke, unter der die beiden steckten, war immer noch die Decke der Kneipe im kalten Moor, der *Ewigen Lampe.*

Also hatte ich vom Training zu berichten, und dass es sicher einen gefährlichen Zeitpunkt abzuwarten gelte, an dem Lina unsere Intimität nicht mehr zusätzlich in die Wettkämpfe investieren könne: *Sie läuft halt im Moment für uns.* Vater hielt dagegen: *Wenn du mich fragst: Es dürfte nicht mal der Gedanke an Dauerhaftes bei dir bestehen, bei deinen acht oder neun Stunden Gärtnerei am Tag.*

Ich lenkte das Gespräch auf die Brotlosigkeit von Nicos ehemaliger Kunst. Jetzt pflichtete Vater mir bei, aber wohl nur, weil er meinte, ich hätte mein Teil geschluckt: *Stimmt schon, Nico, die Öffentlichkeit kommt nicht auf dich zu. Willst du das ganze Zeug nicht mal verkaufen? Du bestimmst ja nicht allein, wann etwas Kunst ist.* Es war das erste und einzige Mal, dass ich hörte, wie mein Vater direkt zu Nico sprach.

Ich glotzte durchs Fenster bis ganz nach unten auf den Gehweg, wo einer der Päderasten seinen abendlichen Spaziergang begann. Immer schön mit der Dämmerung. Ich griff neben mir in eine Hydrokultur und ließ die braunen Kügelchen in die Schale zurückrieseln. Dann apathisch: *Mensch, die Tage werden kürzer.* Es war mein letzter Gesprächsbeitrag, bevor die beiden sich den ersten Kognak einschenkten. Über Katja Neumann kein Wort in meiner Anwesenheit.

Sie warfen sich die Jacken über und sagten, ich solle nachkommen in die *Ewige Lampe.* Am Fenster zurückgeblieben, fielen mir alte Lehrsätze von Nico ein. Die übertriebene Vertikale hier dürfe man nicht als *Optimierung von Wohnraum* sehen, sondern einzig als *Monument gegen zurückliegende Luftangriffe.* Ich stellte mir einen Architekten vor, der die Liste der Kriegsgeschädigten und ihrer Nachkommen durchging und daraus die geeigneten Bewohner auswählte. So viel zu den Sechzigern. Die Richtfestreden, die Baureklametafeln: Wir stoßen in den Himmel vor. Strahlende Gesichter, als wären sie die Gründer der Moderne gewesen. Lauter Bilder. Aber jede dieser eingezogenen Plattformen war eine Etage Realität ... Man stürzte aus dem ersten Stockwerk genau drei Meter siebzig ab, aus dem zweiten Stockwerk sieben Meter vierzig, aus dem dritten Stockwerk elf Meter zehn usw. ... So hätte man ein Referat auch beginnen können, damals in der Schule: *Der Vermieter lädt ein: In einer Sitzung soll die Wahl der diesjährigen Balkonblumenfarben unter den Mitbewohnern abgestimmt werden ...* Ein Schild, das es erst zwischen den Sozialwohnungen gab, seitdem die Aussiedler gekommen waren: *Unser Spielplatz soll drogenfrei bleiben. SCHUTZZONE!* ... Dazu die Handschrift des Alten, schon immer da: *Das Abmontieren und Eigenverwenden von Fahrradteilen im Gemeinschaftskeller ist Diebstahl und wird strafrechtlich verfolgt ... Den Bewohnern der Souterrainwohnungen ist von den Vermietern die Befestigung einer fest schließenden, elektrisch betriebenen Außenstahljalousie zuzubilligen ... Als Beschwerdegrund der Anwohner gilt auch das beim Schütteln der Dosen entstehende Klackern der darin befindlichen Farbkugeln: Die Sprühzeiten an der für die Jugendlichen des Stadtbezirkes aufgestellten Graffitiwand werden daher reduziert auf: Mo-Fr: 9-12 und 15-18 Uhr. Sa: 10-19 Uhr.*

Diese verdammte Welt würde ich nie ablegen können, und zu allem Überfluss lag auf Nicos Fensterbank ein Brief von mir, der es bestätigte.
Ich hatte ihm darin von den Lichtbildvorträgen im Gemeindehaus geschrieben, die zur Stimme eines Herrn Hansen abliefen, der sich als Weltenbummler bezeichnete. Ich saß manchmal dort, um mich herum ein Pulk von alten, kriegsgeschädigten Bauern. Zeitzeugen unter Gesprächszwang. Ich unter Faktenzwang. Sie diskutierten über Montgomery und seine englischen Truppen, die Brückensprengungen, die Teilung des Landes ausgerechnet an ihrem Fluss. Einige der Männer hatten unmittelbar nach dem Krieg geholfen, das Fahrwasser der Elbe auszubessern, hatten Schiffe ausgehoben und Peilungen angestellt. 1946 konnte man am östlichen Ufer, das die Alten noch immer den Karten zufolge das *rechte* Ufer nannten, nur mit russischen Ausweisen arbeiten, die sehr sporadisch verteilt wurden.
Die Diavorträge waren Erinnerungsstützen, mit verengten Augen gruben die Alten in sich nach Vergangenheit. Manchmal wurde es ungesellig, und genau das waren die Momente, die mich immer wieder bei ihnen sitzen ließen. Hansen zeigte einmal ein Bild des Fähranlegers in Bleckede, mit einem Motorschiff hatten sich letzte deutsche Verteidiger an das andere Elbufer gerettet. Die Evakuierung der Elbdörfer ging unmittelbar nach der Einnahme der Stadt vor sich, alles um Hitlers Geburtstag herum. Hansen erzählte den Blick auf sein Dia gerichtet und konnte deshalb nicht sehen, dass sich nicht wenige seiner Zuhörer seit geraumer Zeit die Ohren zuhielten. Hansen drehte sich nach seinem Publikum um, schaltete sofort den Diaprojektor aus, das Sirren verging, aber man sah ihm an, dass er nicht wusste, was er den Alten angetan hatte. Ich

starrte abwechselnd ihn und die Leute im Raum an, alle außer Hansen und mir hatten die Hände an die Ohren gelegt. *Vielleicht Tieffliegerangriff*, flüsterte ich ihm zu. Und als hätte mich doch einer der Alten gehört, kam aus den hinteren Stuhlreihen zurück: *Das Nebelhorn, das Nebelhorn.* Erst nach Minuten klärte sich die Sache: Die Fähre war von den Engländern außer Betrieb gesetzt worden, aber im Schussgefecht hatte das Nebelhorn einen Kurzschluss erlitten, und da hatte es mehrere Tage lang über der Elbe getönt. Von jenem östlichen Fähranleger her, den das Dia gezeigt hatte.

Zwei zu Schaukeln aufgehängte Autoreifen, Juliette und Lina standen mit den Füßen darauf. Lina machte runde Bewegungen mit Beinen und Hüften, dann drehte sie sich im Kreis, die Eisenketten wickelten sich umeinander. Der kleine Sohn des Rechtsanwaltes spielte im Sand. Ich lag auf der Wiese neben dem Sandkasten und sah in die Wolken.
Ich stellte mir vor, was am östlichen Ufer vorgegangen war. Evakuierung oder Verschleppung? Keine klaren Bilder, nur eine Familie, die nicht bereit war, ihr Haus an den Staat abzugeben, die auch nicht tauschen wollte. Man stand auf der Straße. Hinter dem Hof, auf den Getreidefeldern, überwinterten als letzte Zeugen die Blessgänse. Dreißig Jahre beinahe, und was hatte sich geändert seitdem? Auch auf unserer Seite stand eine Familie, die nur noch weg wollte, der Vater vielleicht Mechaniker und konnte an der Elbe nichts mehr werden. *Wenn ich das Kind hab, kann ich doch mit euch mitlaufen*, rief Juliette herüber.
Ich hörte sie nur von fern. Daran würde ich mich nie gewöhnen können, dass ein Fluss die Menschen trennte. Dass

er nur dazu da war, sich von Ufer zu Ufer zuzuwinken. Und nachts, manchmal, die Schüsse.

Jedes Gebäude war machtlos, wo die Sande hoch anstanden. Die Deiche konnten im Frühling nicht verhindern, dass das Wasser unter ihnen hindurchdrückte. Die Überflutung der Auen war nicht gewollt wie an den Poldern, aber manchmal sah es so aus, als hätte die Elbe landeinwärts noch Ableger, bogenförmige Brüder, die das ganze Jahr Wasser führten, über Felder hinweg, aus dem Nichts kommend, ins Nichts mündend. Ein Nachbar erzählte mir, dass diese Stillgewässer tatsächlich zum Fluss gehörten, es waren die Endschleifen der ehemaligen Elbe, der Fluss hatte sein Bett über die Jahrhunderte immer wieder verlagert.
Aber das ist ja alles nicht ganz so wichtig, wie ich es mir machte. An so einem Gewässer saß ich, als ich den Brief an Juliette schrieb. Ich hatte mir viel vorgenommen, und am Ende war ich ganz zufrieden. Dass ich sie selbst sehr mochte, schickte ich vorweg, und dass nicht zu übersehen sei, dass Lina viel Zeit mit ihr verbringe, schrieb ich auch. Dass ich mich über ihre Freundschaft sehr freue, weil ich merke, wie gut sie Lina tue, wie viel gelöster sie seitdem wirke. Und dann musste ich ja raus mit der Sprache. Ich hätte trotzdem gern, dass sie, Juliette, etwas mehr Rücksicht nähme auf die Aufgabe, die sich Lina gestellt habe. Lina sei als Sportlerin hier, und die Sache mit dem Rotwein, den sie sich gemeinsam aus dem Weinkeller des Rechtanwaltes genommen hatten, das hätte ich voll in Ordnung gefunden, aber es dürfe nicht zur Gewohnheit werden. Ich schrieb nicht, dass ich *da auch noch ein Wörtchen mitzureden* hätte, auch wenn Lina mich danach so zitierte.

Alles auf dem Gelände des Ölhofes, zu dem ich mit Lina einen Ausflug machte, war verwittert und bemoost. Ich hatte uns zwei Lunchpakete bereitet und nichts von unserem Ziel erzählt. Nach einer guten Stunde kamen wir an, ich zog das Essen aus meiner Gürteltasche. Wir hatten eine ordentliche Zeit hingelegt, ich war die Strecke vorher abgefahren, um ihre Länge auf dem Fahrradtacho zu ermitteln. *Wie kommst du auf diesen Hof?*, fragte Lina. *Weil er schön ist, findest du nicht?* Sie biss zustimmend in einen Apfel. Niemand war in der Nähe, der Hof lag in einem Waldstück außerhalb des Ortes. Ich wollte mir gern den Keller ansehen und drängte Lina, mit hinunterzukommen. Fast das ganze Grundstück war unterkellert, so groß hatte ich mir das nicht vorgestellt. Lina erschrak davor, ich sagte ihr, es sei das Versorgungslager der Kriegsmarine gewesen und dass man bis in die letzten Kriegstage versucht hatte, es zu halten. Ich hatte gelesen, dass jemand es eine Schatzkammer genannt hatte. Lina stieg die Treppen hinauf, stand oben in der Lichtluke, ich sah nur ihre Konturen. Da hat sie plötzlich angefangen zu schreien: *Das hast du doch alles von Nico! Versorgungslager, kann doch nicht wahr sein!*

Sie war völlig außer sich. Ihr Brustkorb ging auf und ab, als wären wir gerade erst angekommen. Ich machte den ersten Schritt in ihre Richtung, da drehte sich Lina um und lief davon. Als ich oben war, hatte sie fast zweihundert Meter Vorsprung, war schon auf dem Kopfsteinpflaster vor dem Tor des Ölhofes. Ich lief ihr nach, so schnell ich nur konnte, aber die Distanz blieb gleich. Durch mein Rufen vergab ich noch mehr Kraft. Schließlich wuchs der Abstand, es war nicht zu ertragen, wie der Abstand wuchs. Ich verlor sie aus den Augen, lief weiter, sah sie noch einmal als einen Punkt am anderen Ende des Waldes, unendlich weit entfernt, japste, legte mich mitten auf den Waldweg, auf die Lärchennadeln.

Nur langsam stellte sich eine Ruhe in mir ein, in der ich sah, dass Lina Recht hatte. Es war Nico. Mein Kopf war nicht frei. Was ich zu lesen bekam über die Zeit der Finsternis, nahm ich begierig auf. Warum hielt ich mich nicht an die Geschichte des Wassers?

Es konnten Zahlen sein, manchmal nur Anekdoten. Eine im Schuppen zusammengepferchte Gruppe von Frauen habe sich geweigert, einem britischen Soldaten ein Mädchen herauszugeben, da habe er eine von ihnen erschossen.

Oder geschichtliche Verläufe. Wenn ich an der Elbe stand, stellte ich mir manchmal vor, auf welcher Anhöhe die Stellung gehalten wurde. Im Gemeindehaus standen Bücher über den Kampf um die Brückenköpfe. Als die Elbfähre nur noch einseitig Personen transportierte. Wenn ich da hineingeriet, das musste Lina ja beängstigen. Selbst die Pappelsamen draußen waren dann Schnee, der von Osten herübertrieb.

Sie ließ mir noch eine Woche Zeit, die ich ungenutzt verstreichen ließ. Dann sagte sie Entschuldigung. Wir lagen dicht am Schilfrohr, das im Wind flüsterte. Dazu blubbernde Moorfrösche. Es war Anfang April, die Frösche trugen ein himmelblaues Kleid. Wieder Berge von Wolken. Ich schloss die Augen. Lina sagte Entschuldigung, aber sie würde weggehen, sie halte es nicht länger aus. Sie ginge mit Juliette, nun, da das Kind gekommen sei.

Ein Puckern in der Halsschlagader. Dann sofort der Stolz darüber, dass sie es mir erzählte. Dass sie dachte, ich würde sie nicht aufhalten. *Juliette weiß genau, was sie will*, sagte Lina.

Ich beugte mich über sie. Es gab zwei wichtige Fragen, aber Lina wollte mir keinen Hinweis darauf geben, welche davon ich zuerst stellen sollte. Was will Juliette denn?, wäre gegangen, oder: Weißt du auch so genau wie sie, was du willst? Bist du dir sicher, dass du …
Juliette war gerade erst aus dem Krankenhaus zurückgekommen, ihr Gesicht und ihre Arme noch aufgedunsen. Als ich sie vor dem Haus getroffen hatte, war mein erster Gedanke gewesen, wie schön sie vorher gewesen sein musste. Dieses Mal stand ich auf und lief davon. Abends, als wir beide endlich mal laut wurden, nannte sie mich *eine Mischung aus altklug und kindisch.*

Sie hatte mir schon einmal solche Angst eingejagt, da waren wir kaum eingezogen, gerade erst einmal zur Elbe und zurück gelaufen. Ich hatte ein kleines Tablett mit Begrüßungssekt hingestellt, stand in der Tür mit den Worten: *Ich finde dich toll.* Als spräche ich nicht zu der jungen Frau, die mich längst schon begleitete. Als müsse ich sie überzeugen. Ich will jetzt fair sein. Über meinen durch den Türrahmen gestreckten Arm hat Lina ins Zimmer geblinzelt und hat nach einer Weile gesagt, dass sie einen anderen Fluss erwartet habe. Ich sah, dass etwas Wichtiges dabei war, in ihr aufzusteigen. Etwas aus ihrer Bauchgegend drängte in den Oberkörper, weiter nach oben, nach außen. Wie sie es machte, weiß ich nicht – aber auf dem kurzen Weg, den ihr Kopf beschrieb, um sich mir zuzuwenden, hatte Linas Blick das Gefühl schon übersetzt, alles wurde auf einen Schlag bestimmt. *Mein eigener Körper, ich traue ihm nicht so weit wie du,* sagte sie, *und dann dein Körper … – Was ist mit meinem Körper,* fragte ich. *Ich will nur nicht,* sagte sie, *dass ich dich enttäusche.*

Danach wollte sie gehen. Ich hatte ihr noch den blauen Sitzball hinterhergekickt, die Wendeltreppe hinunter. Aber Lina ging nur spazieren. Und als Vater am nächsten Morgen sagte: *Sie hat Angst vor den ersten Schritten, oder?* Da gab ich zurück: *Natürlich hat sie Angst. Verstehst du das nicht? Sag mir lieber, wie ich sie hier halten soll.* Kann war gemeint, nicht soll.

▪▪▪

Ohne Weiber, das hab ich immer … schon damals, lallt er, *drei Teams à drei Jungs, wie wir jeden Nachmittag in dem Maschendrahtkäfig auf der anderen Seite der Panzerstraße bolzten, unsere panische Weigerung, Fremde zuzulassen, weil schon der erste es kaputtgemacht hätte, es war eine Welt mit Platz für genau neun Personen. Sand und Staub, die spröden Holztorpfosten, die Hagebuttenbeete und hinter einem der Tore das Parkhaus, das im Laufe des Tages immer größeren Schatten spendete*, erzählt mein Bruder von Dingen, die ich eigentlich weiß, von einer Welt, in der sie den Torjubel aus dem Fernsehen imitierten, *Oft war da zu spüren, dass du als wirkliches Idol nicht taugst, Nico, tut mir Leid*, sagt er, mit erhobenem Zeigefinger jetzt sogar, *dass man Idole in viel weiterer Entfernung suchen muss.* Er hätte es beim Fußball bewenden lassen sollen, auch an der Elbe, diese Läufe, es sei einfach ein anderer Blick und ein Irrtum, zu glauben, dass sich Fußballfelder jeden Dienstag glichen. *Alles immer wieder neu, Nico: der Ball und die Mitspieler, der Versuch, einen Überblick zu gewinnen über bestimmte Spielentwicklungen, die Konstellationen. Auch die Gegenspieler sind nicht Gegner, eher andersfarbige Trikots. Wenn ich aber durch die Landschaft laufe*, sagt mein Bruder, *und ich laufe einen Weg ein zwei-*

tes oder drittes Mal, dann richtet sich der Blick automatisch nach innen, da gibt es kein Geschehen, mit dem ich mich beschäftigen kann. Es ist deshalb nicht die richtige Bewegung, das Laufen, und er kommt zurück auf Bolzplatz und einen *peinlichen Tag* nach dem Kicken: *Ich sitz abends in der Badewanne, unsere Mutter platzt herein und hält mich panisch für einen Fixer, so lange, bis ich ihr gestanden hab: Wir haben Küsse geprobt, in unseren angewinkelten Armbeugen, daher die Rötungen, und ich geh unter Wasser, bis ich mir sicher bin, dass sie das Bad verlassen hat.* Mein Bruder lacht zwischendurch immer wieder über sich selbst, er hat den Stift hingelegt und die Flasche gegriffen, er sei hier fertig, nicht ganz und gar, aber hier in meiner Wohnung gehe es nicht weiter, die Flucht habe sich gegen ihn verkehrt und verschworen. Er hört sein Pathos nicht mehr, aber er spürt ein Drücken im Brustkorb und schiebt jetzt die Unterlippe hässlich nach vorne, spricht abermals von den beiden Damen, es ist nicht mehr herauszuhören, welche von beiden die größere Enttäuschung ist. Soll ich ihm glauben, dass Lina und Juliette ihn gemeinsam auflaufen ließen, oder sind das die Fantasien, seine im Suff vegetierenden Zukunftsängste. Er beschreibt sie noch einmal als seine liebsten Lügnerinnen, da sei nichts, was er ihnen nicht geglaubt habe. Juliette dabei als viel zu naiv, *die ruht so in sich*, und sei nirgendwo ausgewichen, *Wovor denn, und sprachlich? Wieso auch?* Es scheint so, als habe ihn das Au-pair-Fräulein in den letzten Tagen, bevor er hier bei mir unterkam, mehr gepeinigt, mehr angezogen. *Als das Eis im Frühling abgetrieben war, war ich verantwortlich, Nico, ich musste ihr ein Trainingsprogramm bieten. Ich wusste, dass sie für den Erfolg arbeiten musste und dass es meine Aufgabe war, es wie Freizeit aussehen zu lassen. Ich hab den Fußballtrainer wegen irgendwelcher Übungen gelöchert. Belastung mit Spaß. Und dann der Brief, wie sie ihn aufnahm, da war ja klar, ich musste Lina täglich einen Grund geben, sich von mir etwas sagen zu lassen.* Er winkt ab, als bedeute meine Ruhe, dass ich nicht verstünde, dann sagt er: *Außer ein paar Keksen und Tiefgefrorenem hat nichts im Haus gefehlt, als sie verschwunden sind, nicht nachts sind sie gegangen, wenn es jeder merkt, sondern am späten Morgen: Lina, Juliette und ihr kleiner Sohn Marc, keine zwei Monate alt. Im Zweitwagen des Rechtanwaltes ... Juliette hatte keinen Führerschein, jedenfalls war sie nie gefahren, vielleicht hat sie einen gehabt und nur Angst vor dem Autofahren, was weiß ich.* Und doch habe ihm Lina vorher alles gestanden, und von ihm, ihrem Freund, habe sie nach alter Huck-Finn-Art verlangt, er möge doch bitte eine ablenkende Spur legen. Möglichst Richtung Hessen, bat sie und gestand meinem Bruder gleichzeitig, dass sie auf eine Insel im höchsten Norden des Landes fahren wollten, dorthin, wo er mit Lina einmal ein Trainingscamp abgehalten hatte. Lina habe da etwas klar gemacht. Er sagte ihr klipp und klar, dass sie es lassen sollten, er sagte es, noch bevor er begann, um Gründe zu ringen. Und das Dümmste sei, es mit dem Auto des Anwaltes zu machen, Juliette kenne doch die Frau, die stelle die gesamte Republik auf den Kopf, von Fangschaltung bis Steckbrief, nur wegen ihres Autos, außerdem habe sie Anspruch auf Versorgung ihres Kindes, *Da läuft die Mutterliebe anders, Lina*, hat mein Bruder vor mir wiederholt: *Die weiß genau, dass bei ihr kein Au-pair-Ersatz in drei Tagen auf der Matte steht, und bevor die sich von euch ihre Urlaubstage kaputtmachen lässt, ich warne euch ...* So weit war es schon gekommen, und überzeugend habe er sich selbst dabei gefunden, während die Gegenseite – *Ich sage jetzt mal Gegenseite, Nico* – ihm bündig ihren kurzfristigen Lebensplan vorstellte: Juliette gehe kochen, Lina kümmere sich ums Kind. *Was für ein ab-*

surder Moment, als sie das einfach umsetzten, Nico, und ich saß da, hatte irgendeine Haltung bewiesen, aber weder eine Zusage gemacht, ob ich Lina verleugnen würde, noch mich verweigert, es zu tun. Ich wusste gar nicht mehr, was tun. Erst drei Stunden, nachdem das Trio fortgefahren war, kam die Polizei im Ort an, die brachte aus einem Nachbarort eines der beiden Nummernschilder mit, das die Damen von der Stoßstange getreten hatten. Ich wusste von dem Augenblick nicht mehr, jetzt hält er sich die Hand vor den Mund, *die bringens fertig und wechseln die Autos, vielleicht bedrohen sie sogar Menschen. Oder sie trampen bloß. Auch möglich. Zumindest ist es ihnen gelungen, sich abzusetzen, für überregionale Nachrichten war die Sache zu klein, und mit Suchbildern haben sie wahrscheinlich immer noch nicht begonnen zu arbeiten, dazu brauchte es das Einverständnis von Linas Eltern, die haben sich jetzt nach zwei Wochen endlich mal bequemt. Wer weiß, ob sie nicht doch in Hessen sind, ach was*, stöhnt mein Bruder, er habe keinen Bock, ihnen nachzufahren, und gießt sich ein letztes Mal den billigen Rotwein ins Glas. Nicht Huck, der Fluss selbst habe zu ihm gesprochen, und das klinge für mich, Nico, vielleicht wie ein Joke, aber der Fluss habe gesagt, er trenne schließlich zwei Staaten, da würde er mit zwei halben Portionen wie Lina und ihm wohl auch gerade noch fertig werden. *Du bist nicht rausgekommen, nicht angekommen, du kannst zurückgehen ins Wohnviertel, wo du herkommst, hat der Fluss mir geflüstert, und dann hat er zugegeben, dass er keine Wärme übrig hat, dass er sich selbst nicht mehr so reden hören kann, aber die Härte, die Härte, geh zurück …* So habe mein Bruder das gehört, und wir kommen schließlich heraus in der Stunde, da er aufsteht, wie von fremder Hand geführt, mit seiner Sporttasche an mir vorbeigeht, und ich öffne die Tür. *Sag mir, bin ich ohne sie verloren*, fragt er, hat sich schon abwesend gemacht dabei, sieht mir nicht ins Gesicht. Dann fällt die Tür hinter ihm zu, er tritt gegen das Geländer, schreit einmal kurz ins Treppenhaus. Ich stehe schon am geschlossenen Fenster, als der Bauch des Hauses ihn ausspuckt, es regnet in dünnen, norddeutschen Fäden, er geht über die Ausfallstraße, auf dem Unkrautstreifen, überquert die Panzerstraße und verschwindet im Feld, östlich. Hat seine Sporttasche über die Schulter geworfen, sie rutscht mehrmals ab, oder er lässt sie hinuntergleiten, trägt sie links, dann rechts, irgendwas hat er mitgehen lassen, aber was kann ich, was kann mein Haushalt ihm bieten. Da schluckt ihn schon der Abend, er winkt, ohne sich umzudrehen, ach diese Gesten, denke ich: Warum nur sollte ihm Lina ihren Zielort genannt haben? Je mehr er davon erzählt hat, desto unwahrscheinlicher scheint es, aber darauf keine Antwort mehr nach all den ausweichenden, nur das Ende, papierlos, mein Bruder hat das Wort …

Epilog

»But I reckon I got to light out for the Territory ahead of the rest«, sagt Huck Finn, bevor er sein Buch zuschlägt; man will ihn zivilisieren, das hatte er schon und hält es nicht aus. Konnte ich nicht einschlafen mit dem Kopf an der dicken Scheibe, die sanft vibriert, und konnte der Stadtbus nicht ein Mal über sein Ziel hinausfahren und hinaus aus diesem Land und immer weiter, konnte ich nicht ohne Gepäck und Zuständigkeiten aufwachen, ein Wort wie *Mississippi* aus dem Fahrer quetschen, den ich ansonsten nicht mehr verstand, konnte nicht alles, wenn ich an einer beliebigen Kreuzung aus dem Bus sprang, noch einmal beginnen …

Da hören sie auf, meine Gedanken, die Koffer sind gepackt, ich verlasse unser Haus und finde mich wieder auf einer Wiese, unter freiem Himmel, frierend, lächelnd, durchnässt. Ja, ich liege rücklings auf einer nassen Wiese, in diesem Land, den Blick hinaufgerichtet in den Himmel. Der Fluss ist nah. Ich bin von elektrischen Zäunen umgeben. Ich erinnere mich nicht, in das Gelände eingestiegen zu sein. Die Sonne geht nicht mehr auf. Ich habe das letzte Feuer vor einigen Wochen ausgepinkelt. Der Uringeruch hing lange in der Luft. Und meine Sinne begannen, sich auszustrecken, aufzurichten, während sich mein Körper der Fäulnis hingab. Die Forstarbeiter dröhnen nicht mehr, auch die Kühe sind leiser geworden. Wenn ich den Kopf nur bewegen könnte, um mich ihrer zu versichern. Es klingt, als hätten sie den Zaun längst durchbrochen, und manchmal fällt ihr Muhen von weit oben auf mich herab. Hinter mir beginnt Wald. Früher, als ich mit meinem Körper eine Brücke formte, die Stirn auf die Wiese setzte und zum Kopfstand bereit war, früher war dort jedenfalls der Wald. Meine Halsmuskeln lassen diese Bewegungen nicht mehr zu. Es regnet wieder. Es hat in den letzten Wochen nicht aufgehört zu regnen. Längst muss der Fluss über seine Ufer getreten sein. Es ist eine schöne Vorstellung, auf fruchtbarem Land zu liegen. Solange meine Arme und Hände funktionieren, streichle ich, was erreichbar ist. Dieses Streicheln passiert vollkommen symmetrisch, ich kann doch meinen Oberkörper zu keiner Seite verlagern. Ich strecke mich nach den Rändern des Biotops, versuche nachzufassen. Die am Körper anliegenden Arme ausstrecken und über dem Kopf zusammenführen. Die Beine auf- und zuklappen. Dann standen wir auf und bestaunten den Engel. Ein solcher Abdruck müsste sich auch hier ergeben.

Wenn es pausenlos regnet und man nicht mehr schreiben kann, muss man erzählen. Ich lege mir die Zettel einzeln auf den Brustkorb und lasse sie in meine Haut einweichen. Ich muss hier irgendwo abbrechen. Der Seilzug ist mit uns umgezogen, aber hätte ich ihn zurücklassen können? Lina wird nie einen der großen Läufe gewinnen, aber sie macht bestimmt irgendwo ihr Abitur nach. Ich laufe nicht mehr, ich weiß es.

Ich habe keinen elektrischen Schlag gespürt, wo ist der Zaun, wie bin ich hierher gelangt. Ich fingere herum, in der Erde, an mir, in der Hose, ziehe die Hose nach unten und versuche zu pinkeln. Zunächst richte ich den Strahl über die hinuntergestreifte Kleidung, so dass er zwischen meinen

Schuhen auftrifft. Wenn der Druck sich verringert, presse ich kurz die Vorhaut zusammen und entleere den Rest dann unter mir. Der Urin läuft in die vorgegebenen Vertiefungen. Das Bettnässen habe ich mir eingestanden, ich bin darüber hinweg. Eher schon zweifele ich daran, ob ich das Bett unter mir überhaupt geplant und erbaut habe oder ob es sich nicht einfach bildete als ein Zusammenspiel von Wiese und Wasser. Ein Modell, in dem sich die Erosion darstellt. Wann bin ich hingefallen. Habe ich mich freiwillig hingelegt. Eben noch weiße Fellflecke der Kühe im Abendlicht. Die Nacht ist auf die Wiese gefallen. Es wird nicht mehr aufhören zu regnen. Dass dies glückliche Momente sein würden, weil es überhaupt Momente sind, ruckartig unter mir ... Die Erde macht auf sich aufmerksam, das Einsinken wird zum Fallen. Wieder ein halber Zentimeter. Die Sterne werden weniger, ich sinke in den aufgeweichten Boden. Stück für Stück. Manchmal kitzelt es. Merci. Alles andere liegt weit zurück.

Als ich losging, nahte schon der Abend, aus dem diese Nacht wurde. An einem Bauernhaus am Weg machte ich Pause, dort gab es Kaffee und Kuchen. Ich kannte den Ort, die Fenster gingen nach hinten hinaus auf einen Garten, hinter dem ein heller Lichtstreifen stand. Darin streckte sich eine Baumgruppe blattlos gen Himmel. Der Wind spielte in den Wäscheklammern, die fern an einer blauen Leine baumelten, ich sah das und ahnte die Geräusche. Kraniche auf dem Feld. Überall Apfelruinen. Ich saß und klebte mir den Gaumen mit Käsekuchen zu. Der Lichtstreifen musste sich schließlich hingeben: noch einmal dem dunkelnden Sonnenball. Es würde mir etwas verloren gehen, das war ein sicheres Gefühl. Meine Hoffnung, mit Lina aufs Land gezogen zu sein, *um Kraft zu tanken für eine spätere Zeit*, sie kehrte sich ein letztes Mal gegen mich. Nichts ließ es zu, als städtische Ableitung gesehen zu werden. Alles war Land. Schon wollte ich wieder zu unserem Haus zurück, auf der Veranda sitzen mit dem herrenlosen Hund zu meinen Füßen. Wir beide waren immer die letzten draußen. Wenn das ganze Dorf unter tiefen Wolken stand, nur hinter dem Feld, auf das ich blickte, lag noch solch ein heller Streifen. Die Linie der Telefonmasten, die schräg auf unser Haus zulief. Das Gegenlicht, das auf die geraden Wasserspiegel in den geneigten Gefäßen fiel. Emailleschüsseln und Blecheimer standen im Garten herum, wie Geschichtsbücher, von denen ich nicht wusste, wie weit sie zurückreichten, wie viele Wetter unter dem Rost, den abgeplatzten Farbkanten, in den grau gewaschenen Böden ... Die Tragbügel der Eimer waren unter der Last zum Oval ausgebogen. Oft saß ich und sah auf das menschenleere Land. Wahrscheinlich war es die Leere, aus der heraus ich Lina brauchte. Warum nur konnte ich mich nicht auf mich selbst konzentrieren wie die Blechnäpfe, Plastikplanen, Blumentöpfe, alles lebte hier selbstbewusst sein eigenes Leben. Und je mehr die Dinge vereinzelten, desto deutlicher stießen sie ja hervor. Die Wasserspiegel, leuchtende Ellipsen. Über das Jahr hin blieben sie abfragbar: Zisternen, mit immer dem bisschen Regen, der mir ohne sie abhanden gekommen wäre.

Die Telefondrähte drängten den Blick schon damals in die Horizontale. Jetzt sind sie über mir, parallel gespannt – das ist so sinnvoll, und ich kann es annehmen, lächelnd sogar. Fehlerlose Drähte. Aber ich hungere nicht, ich kann meine

Verdauung regulieren. Trotzdem liege ich natürlich schon lange im eigenen Kot. Das Verhungern war anfangs meine größte Sorge, und nun kriecht so vieles vorbei. Kein Zweifel, dass Juliette gut kochen kann. Würmer und Schnecken. Ich warte nicht mehr auf Wunder, aber ich schüttele auch keines der Weichtiere ab, die an mir heraufkriechen. Ich spüre das Gewicht der Schnecken und viel deutlicher noch die Spuren, die sie hinterlassen. Der Regen versucht, den Schleim zu verdünnen, aber er verklebt mir doch die Haare auf den Oberschenkeln. Erst wenn die Schnecke in die Leistenmulde abtaucht, kann ich sie greifen. Ich kann auch die Augen schließen und ihre Bahn zurückgehen. Stellen, auf denen sie länger verweilte, werden von der Luft angenehm erfrischt. Alles hat mit der Zeit zu tun, die man sich nimmt. Ich grabe meine Fingernägel in die Erde unter meinem Rücken und mache mir ein Bett, das unter meinen Körper passt wie eine Maske, ein Gipsabdruck. Über mir steht eine Wolke, die das Profil von Linas Gesicht hat.

Ich kann jederzeit aufhören zu erzählen, das ist keine Fähigkeit. Als ich Mutter verließ, sagte sie, ich solle mich zusammenreißen. Aber da war die Welt schon langsamer geworden, die gleiche Welt, die jetzt stehen geblieben ist, mitten im Herbst. Guter und gnädiger Himmel, schick mir Regen, schick mir keinen Schnee. Und schick mir jemanden, der mich abholt aus dieser Zeit, in eine vergangene Zeit hinein. Die Arme werden schwer. Am Hinterkopf zieht Schlamm auf, wölbt sich hinter den Ohrmuscheln. Es darf jetzt nicht aufhören zu regnen, ich bin schon sehr tief in die Erde eingedrungen. Nicht tief genug, sie werden mich finden und herausziehen.

Daniel Falb *die räumung dieser parks* *Gedichte*

Gedichte schürfen an der Haut unserer Wahrnehmungen. Indem wir uns an ihnen reiben, lassen sie uns verändert zurück, mit geschärften Sinnen. Fast wie nebenbei gelingt es ihnen auf engstem Raum, komplexe Vorgänge ins Licht zu setzen. Wie dicht dran Gedichte damit sein können, zeigt Daniel Falbs Debütband »die räumung dieser parks«. Präzise schnoddrig, selbstironisch und mit jener Spröde begabt, die Konfliktpotenziale nicht übergeht und das Zärtliche benennen kann, ohne Betretenheit zu erzeugen, loten sie den Grat aus, auf dem sich poetisches Sprechen heute bewegt. Im Fokus haben sie ein Panorama aus Alltagswelten unserer Mediengesellschaft, das von Party-, Arzt- oder Mallbesuchen über Diskurse aus Bioethik und Genderforschung bis zur inneren Sicherheit reicht.
Mit Daniel Falb hat das deutschsprachige Gedicht eine Stimme gewonnen, die wir nicht mehr missen möchten.

»In den Gedichten von Daniel Falb gibt es meist einen sehr straff kalkulierten und äußerst raschen Anspurt in den Eröffnungen: ›nächtelang zeigte die webcam / nur diesen aufenthaltsraum‹ oder ›die körpergrenzen sind mit den wänden dieses zimmers identisch‹. Solche Sätze entwickeln eine Ausstrahlung von kühler, nüchterner Sachlichkeit, wenn sie in eine Abfolge geraten. Es entsteht ein hartes, laborartiges Licht, das auf die Beobachtungen fällt oder sogar von ihnen auszugehen scheint. Es sind Beobachtungen von minutiöser Zeitgenauigkeit, von poetischer Pünktlichkeit beim Eintreffen von Gegenwart oder an der persönlichen Unfallstelle.«

Gerhard Falkner

»Daniel Falb ist ein erfrischender Lyriker, weil er für Überraschungen stets gut ist und unserer Phantasie keine Zäune verpasst, sie vielmehr freizusetzen vermag.«

Joachim Sartorius in der Süddeutschen Zeitung

Daniel Falb *die räumung dieser parks* *Gedichte*
KOOKBOOKS _ Reihe *Lyrik* _ herausgegeben von Daniela Seel _ Band 1
72 Seiten, vier Schmuckseiten auf Transparentpapier mit Zeichnungen von Andreas Töpfer, Nachwort von Gerhard Falkner, Klappenbroschur, 13,80 Euro, ISBN 3-937445-00-5

Johannes Jansen *Liebling, mach Lack!*

Von 1985 bis 1987 leistete der Dichter Johannes Jansen seinen Wehrdienst als Soldat der Nationalen Volksarmee der DDR. In einem heimlich geführten Tagebuch hält er seine Erfahrungen fest. Die Tuschezeichnungen und handschriftlichen Texte des damals 20-Jährigen thematisieren den Soldatenalltag, in der NVA kaum anders als in der Bundeswehr oder einer anderen Armee dieser Welt, die damit einhergehenden Schrecken und Träume. Entstanden ist ein einzigartiges Dokument. In eindringlichen, erschütternden Bildern erzählt es von Brutalität, Wut und Widerstand, von Liebe und der unauslöschlichen Sehnsucht des Menschen nach Frieden.
Die Aufzeichnungen, die nun erstmals der Öffentlichkeit zugänglich gemacht werden, sind ein Schlüssel zu Jansens Werk. Viele Motive, die für seine späteren Arbeiten wichtig werden sollten, haben hier ihre Quelle.

»Wir sehen Feuerproben und sind erstaunt, wie gut das Material gewählt war, wie haltbar es bearbeitet wurde. Beinahe noch wichtiger als die Schreib- und Malutensilien war das Papier, das Jansen für seine Wort-Bild-Welten nutzte: Skizzenblöcke mit NVA-Impressum oder Formulare aus einem NVA-Fahrtenbuch der Kfz-Führer. Es ist, als bewege sich die Handschrift hier unbemerkt in Feindesland, als erobere sie, was zu ihrer Unterdrückung gedacht ist. Was den genormten Tag besiegeln sollte, versiegelt die Individualität von Bild und Schrift. (...) Das Maß an provokativer und kapitulierender Kraft ist immens. Sind schon die Gestalten, die auf den Blättern Hausrecht erworben haben, Gegenentwürfe zu jedem wie auch gearteten Soldatenbild, so provoziert die Sprache, die sich organisch einnistet, gnadenlos. Ihr Wesen ist es, den soldatischen Jargon umzubrennen in Wörter, die Ausweg sind. Alltägliche Redefetzen erhalten die Wahrheit zurück, die sie unbewusst verbargen.«

Prof. Roland Berbig

Johannes Jansen *Liebling, mach Lack! Die Aufzeichnungen des Soldaten jot jot*
KOOKBOOKS _ Reihe *Kunst* _ herausgegeben von Daniela Seel _ Band 1
2 Mappen mit Zeichnungen und Texten, Ergänzungsband mit Dokumenten und einem Gespräch mit Johannes Jansen, Nachwort von Prof. Roland Berbig, im Schuber, 15 x 21 cm, ca. 120 Seiten, ca. 19,90 Euro, ISBN 3-937445-02-1

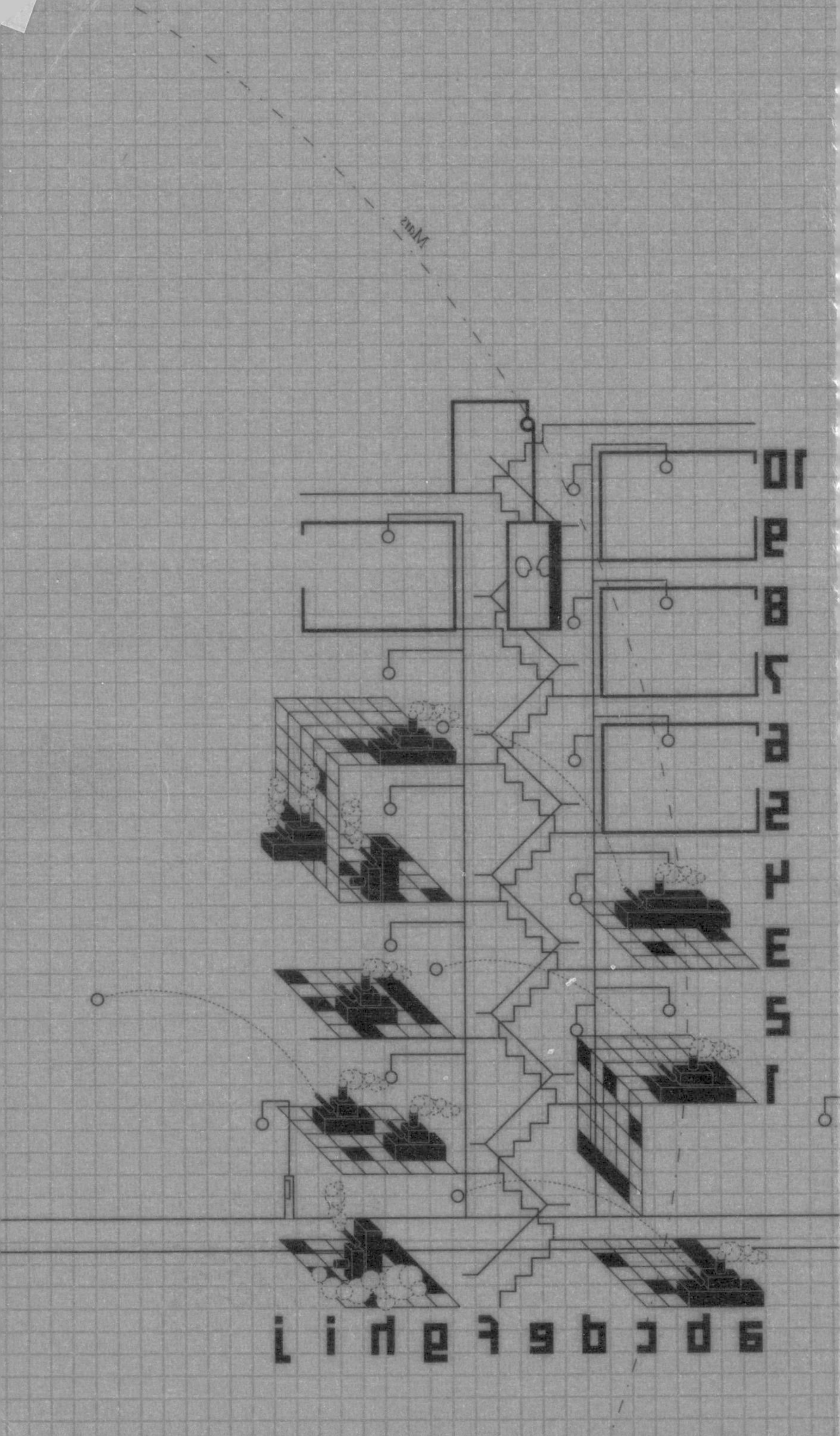
Mars
10
9
8
7
6
5
4
3
2
1
a b c d e f g h i j

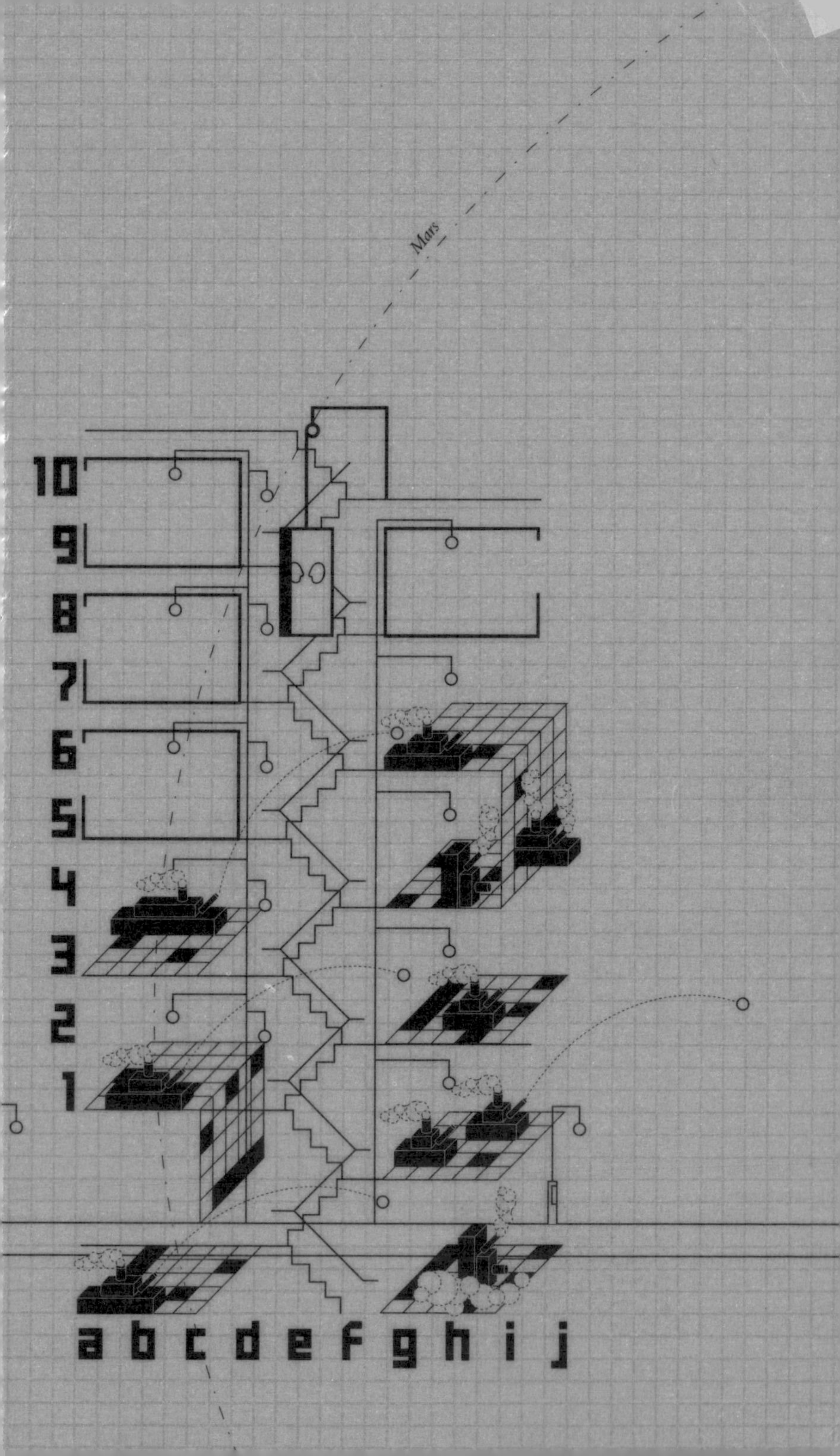
Mars
10
9
8
7
6
5
4
3
2
1
a b c d e f g h i j